EMMANUELLE TZ

JOYEUX Noël ! OU PAS…

NOVELLA

Emmanuelle TZ — Joyeux Noël… ou pas !

« Noël n'est pas un jour, ni une saison, c'est un état d'esprit »

1ER DÉCEMBRE

« Bonjour, je m'appelle Léah et j'ai 24 ans. Je suis diplômée depuis un an de l'école Sophie Lecomte et j'ai travaillé six mois avec la troupe de la comédie musicale de Guillian Vidal. »

Ça ne va pas du tout. Déjà plus de trente minutes que je répète ma présentation face au miroir des toilettes et j'ai toujours autant l'air de réciter une des fables de la Fontaine. Le pire dans tout ça, c'est que je suis incapable de ne pas rougir alors que ce n'est que mon propre reflet devant moi ! Allez ma cocotte ! Fonce, bon sang ! Ce job, c'est l'opportunité du siècle. Quelle jeune professionnelle ne rêverait pas de devenir la maquilleuse artistique de Mathilda Rey pendant le tournage de son dernier film ? Il paraît que ça se passera sur la côte bleue, vers Nice. Aaaahhhh, je suis tout excitée ! J'ai des paillettes plein les yeux ! Il me faut ce boulot. Je remets une mèche blonde derrière mon oreille, vérifie mon mascara et me décide à y aller. Tu vas tout déchirer ! En tout cas, c'est ce que je me répète pour me donner la force d'avancer. Au fond de moi, j'ai un trac énorme. Je croise les doigts des mains, ceux des pieds aussi pour multiplier mes chances. Devant moi, deux filles sont assises sur un petit banc en face de la porte où se déroulent les entretiens. Je vérifie ma montre, je suis pile à l'heure, il faut croire qu'ils ont du retard. C'est pas grave, je suis patiente. Je m'assois à côté de la petite blonde, juste au moment où la porte s'ouvre. La brune se lève et sourit. Elle paraît être sûre d'elle, en principe, c'est plutôt un bon point. Elle lisse sa robe crayon et se dirige d'un pas chaloupé vers le type aux cheveux grisonnants qui doit être le responsable des entretiens. Il a l'air austère et ne semble pas très avenant. Je ravale une boule d'angoisse et mon pied tapote le sol malgré moi. Plus de vingt minutes plus tard, la porte s'ouvre à nouveau et la brune apparaît, tout sourire.

Merde, c'est mort !

– Félicitations ! balance le vieux à voix haute, histoire que tout le monde l'entende, je suppose.

La blonde à mes côtés pâlit. Elle se tourne vers moi et bégaie :

– Elle… elle a le poste ?

Non, non crétine. Il lui a juste dit félicitations parce qu'elle a réussi à retrouver la sortie.

Ses yeux bleus délavés s'emplissent de larmes. Elle me ferait presque de la peine. Presque. Je n'ai même pas le temps de répondre qu'elle se lève et s'enfuit en courant, faisant claquer ses talons sur le sol. Le type aux cheveux gris la regarde partir, salue la brune et se tourne vers moi :

– Vous ! Dans mon bureau !

Moi ? J'ai envie de m'assurer qu'il s'adresse bien à moi, mais j'ai peur de passer, à mon tour, pour la crétine de service. Je m'abstiens donc et le suis dans son antre, les jambes flageolantes et les mains tremblantes. La salle est vaste, un tapis beige est posé sur le sol et les murs sont de couleur marron foncé, ce qui assombrit la pièce et lui donne une ambiance pesante. Il fait le tour de son bureau et s'installe sur un grand fauteuil en cuir de la même couleur que la peinture. Il semble pressé ou agacé, je ne saurais le dire. D'un geste de la tête, il m'invite à m'asseoir sur le petit siège devant moi. Je me sens vraiment toute minuscule comparée à lui… sûrement à cause du siège pourri auquel j'ai droit ! J'arrête de contempler la pièce et attends patiemment qu'il daigne ouvrir la bouche. Il croise les bras sur son torse et me toise de ses yeux noirs perçants.

– C'est quoi votre nom ? demande-t-il, abrupt.

Je racle ma gorge et tâche de répondre le plus calmement possible.

– Makinen. Léah Makinen.

– Très bien, Léah, reprend-il sur un ton bourru.

Bien sûr, appelle-moi Léah, y'a pas de soucis, il est clair qu'on a élevé les cochons ensemble…

– Alors, j'irai droit au but… le poste pour Rey est déjà pourvu, par contre, je viens de recevoir un mail et un autre vient de se libérer… au dernier moment. J'imagine que vous êtes d'accord ?

– Euh… oui…

Bien sûr que je suis d'accord ! Enfin, je crois ! Je suis venue pour un poste de maquilleuse, certes auprès d'une artiste de renom, mais un acteur fera tout aussi bien l'affaire. Il faudrait être fou pour refuser. D'autant plus que je suis complètement en galère et que si je ne paie pas mon loyer (et les deux mois passés) je vais finir à la rue… Il me faut un job, quel qu'il soit.

– Très bien ! clame-t-il en farfouillant dans son tiroir. Il en sort un épais dossier qu'il me tend.

– Étudiez-le vite et soyez présente demain sur le site à huit heures tapantes.

– D'accord.

Il attrape son portable et compose un numéro, me faisant un signe de la main qui indique que l'entretien est fini. Je me lève et me dirige vers la sortie. Au dernier moment, je me retourne vers lui et l'interroge :

– Je vais bosser pour qui ?

Il répond à son interlocuteur, lui demande un instant, met sa main sur le combiné avant de me déclarer, amusé :

– Pour le plus gros emmerdeur du show-biz cocotte !

Pourquoi ? Ils ne le sont pas tous ?

Je ferme la porte du bureau et me retiens de sauter de joie. J'ai un boulot ! J'ai une chance incroyable ! J'ai bien fait de ne pas partir comme la fille qui était avec moi. Remarque, c'est ce que je comptais faire quelques secondes après. Quand j'ai vu cette brune sortir, tout sourire et que j'ai compris qu'elle avait le poste, j'étais vraiment dégoûtée. Bosser pour un acteur de la télévision, ce n'est pas donné à tout le monde. Découvrir l'envers du décor, être sur les plateaux de tournage… un rêve de petite fille qui va se réaliser. Attention, j'ai adoré travailler avec la troupe de théâtre, et de solides liens se sont tissés dans l'équipe. Notamment avec Élisa. Mince, Élisa ! J'ai promis de lui téléphoner en quittant l'entretien. J'attrape mon smartphone et ouvre la porte qui mène sur l'extérieur. Une vague d'air glacial s'engouffre à l'intérieur et me saisit le visage. Je remonte mon écharpe jusque sous les yeux et sors affronter le froid. Cette année sur Paris, les températures sont vraiment basses. Elles avoisinent les zéro degré et la pluie est souvent présente. J'ai beaucoup de mal à me faire à ce ciel gris, moi qui suis originaire du Sud et qui adore la chaleur. Mon amie décroche après une courte sonnerie, comme si elle attendait mon appel collé à son portable.

– Alors ? hurle-t-elle en me faisant exploser le tympan.

– Alors, j'ai perdu un dixième de mon audition vu le niveau élevé de décibel que tu viens de m'infliger…

– Arrête ! Allez, dis-moi ! s'impatiente ma meilleure amie.

Une partie de moi (la plus sadique) a envie de la faire languir, voire de lui mentir. L'autre partie (certainement la raisonnable) me dit de ne pas jouer plus longtemps avec ses nerfs déjà à vif. C'est elle qui remporte la bataille. Je décide de ne pas la torturer plus longtemps, enfin pas trop…

– Alors… je n'ai pas eu le poste avec Mathilda Rey.

– Oh merde… je suis dégoûtée pour toi ma poulette !

– Mais…

– Mais quoi ?

– J'ai eu un autre job ! crié-je à mon tour, tout excitée et laissant enfin ma joie s'exprimer.

– Quoi ? Quand ? Qui ? Comment ?

Je lui détaille les circonstances de cette incroyable opportunité. Une deuxième chance. La chance de ma vie ! Elle me coupe toutes les secondes en criant : non ! Pas possible ! Sérieux ?

Lorsque je raccroche, je réalise qu'un grand sourire étire mes lèvres et que je n'ai même pas prêté attention à la pluie qui commençait à tomber. Tout en rentrant à l'appartement en courant, je me demande qui est l'acteur pour qui je vais travailler. Je n'ai pas pu sortir le dossier de mon sac, de peur de le tremper. Dès que je franchis la porte d'entrée, Élisa me saute dessus et fait la danse de la joie. Un peu plus loin, je manque de trébucher sur sa valise qu'elle n'a même pas pris la peine de vider et de ranger. Elle va rester chez moi quelque temps, pendant qu'elle cherche un rôle dans une autre comédie musicale. Elle a plusieurs auditions sur Paris et compte tenu de son talent et de sa voix, je n'ai aucune inquiétude pour elle. Elle finira par trouver. En attendant, je lui ai bien évidemment proposé de squatter mon studio.

– C'est formidable ! Je suis si heureuse pour toi !

– Merci !

– C'est ce que tu as toujours voulu ! Un acteur ! Alors, qui est-ce ?

– Aucune idée ! On va découvrir ça ensemble, dis-je en sortant le dossier de ma besace.

– Allez ! Vite ! J'ai tellement hâte de le savoir ! Tu crois que tu iras dans le Sud ? Ou tu vas rester à Paris ?

Ses doigts tapotent le verre de ma table basse en signe d'impatience. Je parcours le livret du regard jusqu'à ce que je vois son nom.

– Anders Korhonen !

– Aaaaahhhh !

On sautille sur place tout en hurlant de joie comme deux gamines. Anders Korhonen. Je n'arrive pas à y croire. C'est un rêve qui se réalise !

– C'est fou ! Presque aussi bien que Mathilda Rey ! Il est super en vogue en ce moment. Ce qui veut dire que je pourrai peut-être être présente sur ses autres tournages !

– Il est surtout canon ! bave-t-elle presque en souriant.

Certes, il l'est. Mais tout le monde sait que les acteurs fricotent rarement avec le petit personnel. Les acteurs restent avec les acteurs. Et la réputation de celui-ci n'est plus à faire. De toute façon, je ne fais pas ce métier pour voir du beau monde. Je le fais, car c'est une passion. Depuis toute petite, je rêve de pouvoir être sur les plateaux de tournage. Pas en tant qu'actrice. Impossible pour moi d'aligner correctement deux mots en situation de stress. Le maquillage est ma vocation. J'ai toujours trouvé extraordinaire la façon dont le maquillage peut sublimer, voir transformer une personne. Tout en réfléchissant, je parcours les pages du contrat quand un détail, de taille, attire mon attention.

– Oh, bordel !

2 DÉCEMBRE

Je tends le contrat, où j'ai au préalable apposé ma signature, à la secrétaire rondouillarde et aux lunettes écailles face à moi. Sans même un petit sourire, faudrait pas qu'elle se fasse une tendinite des lèvres, elle m'indique d'un geste de la main la salle d'attente où je me trouvais déjà la veille. La porte s'ouvre à la volée et celui qui m'a reçu hier s'avance vers moi. Je me lève, d'un bond.

– Ah ! Miss Mattinen !

– Makinen, Monsieur.

Sa main balaie l'air, histoire de bien me faire comprendre qu'il s'en contrefout d'avoir écorché mon nom. Déjà, il a arrêté de m'appeler Léah, faut pas trop lui en demander.

– Ma secrétaire vient de me dire que vous avez déposé le contrat. J'imagine que vous l'avez lu ?

– Oui, Monsieur.

Je ne sais pas pourquoi, mais le ton de sa question ne me dit rien qui vaille. Je l'écoute poursuivre.

– Vous savez donc pour qui vous allez travailler ?

– Oui.

– Bien. Vous avez lu que vous deviez partir à l'étranger ?

Je repense au moment où j'ai lu les petites lignes à côté de l'astérisque. « Lieu du tournage : à l'étranger. » J'en ai fait des bonds. Mon imagination est partie dans tous les sens : USA ? Vancouver ? J'acquiesce d'un signe de la tête et demande :

– Le lieu du tournage n'est pas encore fixé ?

– Il y a eu… un petit souci. L'équipe de production qui accepte de reprendre le projet ne pourra pas se déplacer.

Je meurs d'envie de poser des questions, mais mon interlocuteur ne semble pas disposé à m'en dire plus. Pour preuve, il tape dans ses mains et m'indique que notre entrevue s'achève là.

– Miss Mattinen, bonne chance, enfin, bonne route ! À bientôt, peut-être.

Il me claque la porte au visage et me laisse là, les yeux éberlués et la mine stupéfaite, en train de cogiter sur sa dernière phrase. J'ai un peu l'impression que je vais participer aux Hunger Games. Bonne chance ? À bientôt, peut-être ? Ce type n'a apparemment pas les idées claires. Et que dire sur le fait qu'il a encore écorché mon nom de famille ?

Je hausse les épaules, préférant mettre de côté ce moment un peu surréaliste. Je repasse devant le bureau de la secrétaire, toujours perdue dans mes réflexions, lorsque cette dernière m'interpelle.

Mademoiselle… demain matin, six heures, devant la loge de Monsieur Korhonen !

Je lui lance un sourire surfait, un de ceux qui veulent plutôt dire « va te faire voir » que « merci ». Elle croit que je suis analphabète ? J'ai bien lu mon contrat, inutile de me le rappeler ! Je quitte les bureaux à la hâte, pressée de rejoindre ma meilleure amie pour déjeuner. Lorsque j'arrive, la jolie brune me fait de grands signes, au cas où je ne l'aurais pas vue. Elle affiche un beau sourire et je me demande un instant si l'entretien de ce matin a donné un résultat.

– J'arrive toujours pas à croire que tu vas voir Anders Korhonen ! Non, mais quelle veinarde !

C'est donc ça qui la met dans un état de joie intense ! Il faut dire que je suis super excitée moi aussi. Je m'imagine déjà dans un cadre féerique, au soleil à coup sûr, en train de maquiller des stars comme Anders Korhonen et son équipe. Mon amie me sort de ma rêverie en me posant mille questions à la suite, des questions pour lesquelles je n'ai même pas la réponse.

– Tu connais le titre du film ? C'est bizarre que tu disposes de si peu d'infos quand même ! Et tu rentres pour Noël ?

– Apparemment, il y a eu un souci sur le précédent tournage et des membres de son équipe sont partis à la dernière minute. Le contrat a été rédigé à la va-vite, c'est pour ça. Par contre, je peux déjà te dire que je ne serai pas là pour les fêtes. J'ai lu que le tournage devait durer vingt-deux jours.

– Tu vas donc passer les fêtes là-bas, non, mais tu réalises ? crie-t-elle un peu trop fort dans mon oreille d'une voix encore plus aiguë qu'à l'accoutumée.

– Oui ! C'est fou ! Tu vas me manquer, je sais qu'on avait prévu de passer Noël ensemble…

Elle m'interrompt d'un geste de la main.

– T'inquiètes, j'irai chez ma sœur. Tu vas passer un réveillon de dingue ! Je suis sûre qu'ils feront une super fête en plus !

Je ferme les yeux un instant, imaginant le moment. Du beau monde, une nourriture raffinée, de la bonne musique… Une chose est sûre, je vais passer un joyeux Noël ! Le déjeuner fini, on décide de faire un peu de shopping pour mon départ. Au moment où je passe la porte, une bourrasque me surprend et je remonte le col de mon manteau jusqu'en haut de mon cou. Je déteste passer l'hiver à Paris. Il y fait vraiment trop froid. Je préfère de loin l'été et la chaleur. Le Sud me manque. Sauf que le boulot ne court pas les rues là-bas, surtout dans mon domaine, c'est pourquoi je suis venue dans la capitale.

– Dis Léah, m'interroge mon amie en lorgnant les vitrines des magasins, tu vas acheter un maillot de bain ou tu comptes encore me piquer le mien ?

– Il faut dire que j'aime beaucoup le tien, plaisanté-je à moitié. Et puis je n'ai pas vraiment envie de trop dépenser, surtout pour ça. Rien ne me garantit que j'aurai le temps de me baigner. Et si on sera vraiment en bord de mer…

– Au pire, tu profiteras de la piscine du complexe hôtelier.

Je n'achète que le strict minimum, mon budget étant plus que serré. Moins de deux heures plus tard, nous regagnons mon appartement pour y faire mes valises en chantant à tue-tête une chanson de Katy Perry, I kissed a girl.

3 DÉCEMBRE

Je n'ai quasiment pas dormi de la nuit, l'excitation m'a tenue éveillée jusqu'aux aurores. Lorsque j'arrive devant la loge un peu avant l'heure du rendez-vous, il n'y a pas âme qui vive. Le nom d'Anders Korhonen est bien inscrit dessus et je me demande pourquoi je ne vois pas le reste de l'équipe. Je sautille sur place pour tenter, en vain, de me réchauffer et souffle sur le bout de mes doigts congelés. Au moment où je décide d'aller attendre sur un des bancs installés à côté, la porte s'ouvre. L'homme qui en sort est grand, très grand. Sa carrure est assez imposante, surtout pour un modèle réduit comme moi. Quand mon regard se pose sur son visage, le souffle me manque. Je connais cet acteur pour avoir regardé certains de ses films et je sais bien qu'il est canon, mais le voir en vrai, juste devant moi… il n'y a pas de mot. D'ailleurs, aucun ne daigne sortir de ma bouche. Je reste devant lui comme statufiée. Et il ne m'aide pas. Lui non plus ne parle pas. Ses yeux d'un vert surprenant me fixent avec intensité. J'ai du mal à détacher mon regard du sien, et je reste sans bouger, comme un animal effaré devant les phares d'une voiture. Son petit sourire en coin ne m'échappe pas. Quand son regard me détaille des pieds à la tête, je me liquéfie. À quoi joue-t-il ? S'il cherche à me mettre mal à l'aise, c'est réussi. Mon cerveau réagit enfin, je racle ma gorge et retrouve mes moyens.

– Bonjour. Je suis Léah Makinen, lui dis-je en lui tendant une main.

Il ne l'attrape pas, ne répond même pas à mon bonjour. Il se contente de me dévisager d'un air hautain et… qui déstabilise.

– Suivez-moi.

Mince, quel con ! Je suis vraiment déçue, mais je décide de ne rien laisser paraître. Il avance devant moi, sans prendre la peine, bien évidemment, de m'aider avec ma valise.

– L'avion décolle dans trente minutes. Vous n'avez que cette valise ?

L'avion ? Trente minutes ? Je panique totalement en réalisant que nous partons tout de suite. Je tiens à ma place toute fraîche et continue de jouer un rôle : celui de la fille sûre d'elle alors qu'en réalité je suis à deux doigts de faire pipi dans ma culotte.

– Oui, une seule valise.

– Très bien. Alors, allons-y.

Après quelques minutes de marche, nous arrivons sur ce que je devine être la piste d'atterrissage privée de la société. Un jet est juste devant nous et un homme, en costume cravate, fait signe de le suivre. Andy Korhonen passe le premier, me laissant traîner ma valise sur les marches derrière moi. Bonjour la galanterie ! Il s'assoit sur un des fauteuils taille XXL et enfile un casque sur ses oreilles sans même plus prêter attention à moi. J'en fais de même juste après avoir déposé ma valise à l'endroit prévu pour. Une jeune femme s'approche de moi, me sourit.

– Bonjour Mademoiselle. Je vous laisse vous installer et nous allons vous apporter un petit déjeuner. Vous préférez du lait, du thé ou du café ?

Enfin quelqu'un qui me prête attention.

– Du thé, merci.

Elle me sourit à nouveau et disparaît de mon champ de vision. Je mets quelques secondes pour réaliser ce qu'il vient de se passer. Je n'arrive pas à y croire. Ce type est odieux, malpoli et j'en passe. Je regarde tout autour de moi, personne. Où est le reste de l'équipe ? Une boule d'angoisse se noue au creux de mon estomac. Mais où est-ce que je suis tombée ? La jeune femme revient et dépose un plateau sur la table du jeune homme. Il semblerait qu'elle soit habituée à le servir, car elle ne lui a pas demandé ce qu'il désirait. Elle le regarde avec une envie certaine alors que lui, de son côté, ne prend même pas la peine de la remercier. Elle revient quelques minutes après avec mon plateau sur lequel se trouvent tout un tas de viennoiseries et un thé fumant. Je ne suis pas sûre qu'elle puisse me répondre, mais étant donné qu'elle est ma seule interlocutrice, je tente.

– Vous savez où est le reste de l'équipe du tournage ?

– Déjà sur place, Mademoiselle.

Elle n'attend pas que je lui réponde et repart aussi vite que la première fois. Je réalise que je ne sais même pas où l'on va. Cette situation est ubuesque ! Je commence à me demander si j'ai bien fait d'accepter ce poste. Me reviennent en mémoire les paroles de l'homme qui m'a engagée : bonne chance… à bientôt peut-être… En un instant, je me fais des films. Si je disparais, personne ne sait où je suis ! Oh mon Dieu ! Oh ! Mon ! Dieu ! Je cherche à me calmer en inspirant, expirant plusieurs fois comme au cours de relaxation. Inutile ! En fait, ce truc ne marche que quand tu es calme ! Allez, Léah, respire.

– Vous avez peur de l'avion ?

Sa voix, grave et profonde, me fait sursauter.

– Euh, non, merci.

Mais pourquoi je lui dis merci ? Non, mais quelle cruche ! Il sourit, ou plutôt se paie ouvertement ma tête.

– Vous voulez quelque chose pour vous détendre ?

– Je ne prends jamais de médicaments.

– Je connais d'autres moyens que la médecine…

Je reste sans voix. Il me parle de quoi là ?

– Écoutez, je me pose plein de questions. Déjà, où allons-nous ?

Ses sourcils se relèvent, révélant son incompréhension. Je me sens obligée de lui préciser.

– Rien n'était indiqué dans le contrat.

– Hum…

Sa mine se renfrogne et il semble tout à coup contrarié. Cela ne dure pas plus de quelques secondes, à tel point que je me demande si je n'ai pas imaginé ce changement d'attitude.

– Nous allons à Inari.

Je cherche dans mes connaissances, légères je dois l'avouer, en géographie. Inari ? C'est où ? Une île, peut-être ? Je trouve que ça à une sonorité exotique !

– C'est…

– En Laponie !

En Laponie ? En un instant, tous mes rêves de soleil, de plage, de chaleur et d'exotisme s'envolent. Je suis tellement déçue. Moi qui déteste le froid, on n'aurait pas pu faire pire, comme destination. Je vois qu'il attrape ses écouteurs, la séance bavardage a, semble-t-il, assez duré pour lui. Je profite des derniers instants qu'il m'accorde et lui demande :

– Et le reste des membres de l'équipe du tournage ?

– Déjà sur place. Je suis le seul à avoir fait l'aller-retour. Je devais voir quelqu'un. De toute façon, vous avez avec vous le membre principal ! Et pas n'importe lequel !

Il me fait un clin d'œil et remet les écouteurs sur ses oreilles. Je reste un instant à le regarder, la bouche grande ouverte. Pourquoi j'ai encore l'impression que cette phrase à un double sens ?

Le reste du trajet se fait dans un silence absolu. Mon compagnon de route n'a quasiment pas bougé, à part la fois où il a attrapé la main de la jeune hôtesse de l'air pour la lui caresser lorsqu'elle lui a apporté son repas à midi. Nul doute que ces deux-là se connaissent un peu mieux que ce que je pensais. Il y a à peine quelques heures, je l'aurais enviée. Désormais, je plains les femmes qui croisent le chemin de cet homme. Ce ne sont certainement pas les dix minutes de discussion que j'ai eue avec lui qui m'ont fait changer d'avis. Mes premières impressions semblent être les bonnes et je doute qu'elles changent d'ici mon départ. Je commence à peine à m'assoupir lorsque le pilote nous annonce l'atterrissage. Anders Korhonen descend de l'avion comme il y est monté : en vitesse et sans aucun égard vis-à-vis de moi. Le paysage autour de moi est au moins aussi glacial que la température. La neige, à perte de vue. Devant nous, un énorme bâtiment gris d'où s'échappe de la fumée. Un taxi nous attend et après plus d'une demi-heure de route, il nous dépose dans ce qui semble être un complexe hôtelier. Cette fois, je suis assez surprise par l'endroit.

Une vingtaine de chalets de forme ronde et au toit transparent apparaissent à travers de nombreux conifères enneigés. Un peu plus loin, un grand bâtiment en bois. C'est vers cet endroit qu'Anders Korhonen m'oriente tandis que lui part en direction d'un des chalets, sans plus d'explication. Super ! Merci encore pour toute cette gentillesse ! Quel abruti ! Je traîne tant bien que mal ma valise derrière moi et arrive à la réception de l'hôtel. C'est splendide ! La décoration est chaleureuse, à la différence de celui qui vient de me laisser dans la neige avec une énorme valise dans les bras. De grands canapés en velours sont disposés devant d'immenses murs en pierres. Le comptoir de la réception est lui aussi en briquettes rouges et une cheminée moderne réchauffe encore plus l'atmosphère. Un jeune homme d'une trentaine d'années m'accueille, un grand sourire aux lèvres. Enfin, la journée me paraît un peu plus douce. Mais ce n'est rien comparé à l'émotion que je ressens lorsque j'ouvre la porte du chalet où je vais passer les prochains jours. Un grand lit trône au milieu de la pièce, du bois clair recouvre les murs, mais ce qui est le plus stupéfiant, c'est la vue qu'offre le grand toit vitré : la neige bien évidemment, de grands arbres et surtout, un ciel immense. Je dépose mes affaires, me jette sur le lit et observe ce paysage sauvage. Un grand sourire étire mes lèvres. Enfin, je me sens heureuse. Je ne regrette plus du tout d'être ici. À part lorsque je pense à Anders Korhonen !

4 DÉCEMBRE

Je me suis endormie en observant le ciel étoilé. J'ai envoyé mille photos à Élisa juste après lui avoir raconté mes mésaventures avec l'acteur. Tu t'en fous, m'a-t-elle dit. Ces acteurs sont tous cons de toute façon, a-t-elle ajouté en me faisant éclater de rire. Donc je vais suivre ses conseils et profiter de ce paysage et de cette expérience. Très tôt dans la matinée, j'ai suivi les recommandations du jeune homme de la réception et me suis présentée dans la salle à manger. Quelques personnes s'y trouvent déjà et l'une d'elles, une femme d'un certain âge, vient à ma rencontre.

– Vous devez être la nouvelle maquilleuse ?

– Oui ! Léah.

– Bienvenue parmi nous. Je suis Marie, l'assistante de Monsieur Korhonen. Le tournage ne débutera pas avant deux heures. Vous devez être là dans les premières, comme aujourd'hui. Vous maquillerez Monsieur, ainsi que les deux autres acteurs, Sophia Lens et Matt Bonfrey. Je vous laisse prendre un petit déjeuner rapide et vous irez dans les loges pour attaquer. Matt Bonfrey, Sophia Lens puis Anders Korhonen. Dans cet ordre, toujours. C'est bien compris ?

J'acquiesce d'un signe de tête, la salue poliment et me dirige vers la table pour manger, même si le stress me noue l'estomac et que je sais d'avance que je ne vais pas avaler grand-chose. Dommage, le buffet est gargantuesque ! Un jeune homme me sourit et s'assoit près de moi en attrapant des pains au chocolat au passage.

– Salut, je suis Maxime, je suis un des cadreurs de l'équipe, se présente-t-il, la bouche pleine.

– Léah, la nouvelle maquilleuse.

– Oui, je me doute, tout le monde t'attendait. Le tournage était un peu en stand-by, pour le coup…

– Pourquoi ?

– Ils ne t'ont pas prévenu? La dernière maquilleuse s'est barrée, tout comme l'accessoiriste…

– Ah bon ? Mais…

Un homme l'appelle et il se lève sans attendre.

– Je dois y aller ! À plus tard !

Je n'ai pas le temps de m'interroger que je vois les yeux de l'assistante se poser sur moi, comprenant que je dois, moi aussi, me dépêcher. Je me dirige d'un pas rapide vers la première loge, celle de Matt Bonfrey. Le gars est assez sympa, pas très loquace, mais poli. Le maquillage des hommes est assez léger. Il s'agit juste d'appliquer du fond de teint pour l'unifier et le matifier. Le résultat doit être très naturel. Moins de trente minutes plus tard, je me rends dans la loge de Sophia Lens. Je connais cette actrice de nom et j'ai vu plusieurs de ces comédies. Je me sens un peu intimidée lorsque j'entre, mais je reste professionnelle. Elle me sourit sans pour autant me parler. Je la maquille pendant près d'une heure, le résultat est bluffant. On ne se doute pas de l'importance du travail que j'accomplis dans l'ombre. La femme qui se trouvait devant moi avant d'être maquillée n'avait vraiment rien de glamour en comparaison de celle que j'admire dans le miroir pour vérifier que tout est bien parfait.

– Merci, Léah, vous faites du bon boulot, me complimente-t-elle.

Tu m'étonnes…

Au tour du type le plus insupportable qui soit d'être maquillé. Je suis sûr qu'il va être désagréable et exigeant. Malgré moi, je me dis que cet homme n'a même pas besoin de fond de teint pour être parfait. Parfait physiquement, uniquement ! Parce que croyez-moi, son caractère aurait bien besoin de se terrer sous d'épaisses couches de fard ! Je toque à sa porte, entre. Il est assis sur une chaise, dos à moi, une oreillette fixée à l'oreille et en pleine conversation. D'un geste de la main, il me fait signe d'avancer et de commencer. Je sors mon attirail et approche une main tremblante vers lui. Bon sang, mais pourquoi ce type me fait autant d'effet ? Ses prunelles couleur émeraude se posent sur moi et ne me lâchent plus. J'ai beau être gênée, je ne me démonte pas et commence à nettoyer sa peau avec un liniment doux. Son grain est lisse, sans imperfection si ce n'est quelques traces d'une varicelle qu'il a dû avoir étant enfant. Il rit avec son interlocuteur et poursuit :

– J'aime beaucoup quand tu portes cette robe, elle te donne un petit côté sexy.

J'y crois pas ! Il est culotté ! Sans gêne ! Je n'ai aucune envie d'assister à cette conversation, nom d'un chien !

– Je préfère la rouge, elle se lève plus facilement.

J'ai beau avoir le visage penché vers le bas, sur ma plaquette de maquillage, je sens son regard sur moi. Je respire un grand coup, et poursuis mon travail avec la volonté d'en finir au plus vite.

Je découvre qu'il s'agit du tournage d'un téléfilm de Noël, Le cadeau de Lisa. Anders Korhonen joue le rôle principal et Sophia Lens celui de Lisa. En les regardant jouer, je me demande un instant si leur relation est strictement professionnelle ou s'ils en sont au stade « et plus si affinités ». Vu le personnage, je commence à croire qu'il saute sur tout ce qu'il bouge.

Je ne recroise pas grand monde durant cette journée, l'assistante ayant demandé que l'on me fasse visiter les locaux et que l'on m'explique les derniers détails. Je regagne mon chalet dans l'après-midi et constate que la nuit est déjà tombée depuis un moment. Les journées sont très courtes, étant donné que le soleil se couche vers quatorze heures. Si le jour le paysage est super, la nuit rend le décor totalement magique. Je reste des heures allongée sur mon lit, fascinée par la multitude d'étoiles qui parsèment le ciel. Certains disent que le ciel est partout le même, mais c'est totalement faux. En à peine deux nuits, je suis déjà complètement accro.

5 DÉCEMBRE

Ce matin, « Monsieur Korhonen » n'est pas au téléphone. Il a même la délicatesse de me dire bonjour. Incroyable, mais vrai ! Bien évidemment, il ne me parle pas, sauf pour me demander si je suis bien sûre de mon choix de couleur pour son teint qui est, selon ses dires, déjà parfait. Il n'a pas totalement tort, mais qui ose dire ce genre de chose à part un homme de Néandertal tel que lui ? Les bonnes manières, il ne les connaît pas !

Lorsque vient l'heure du repas, je me retrouve à la table en compagnie d'une partie de l'équipe des techniciens, notamment Maxime le cadreur. L'ambiance est bon enfant, chacun y va de sa petite blague et tous paraissent bien sympathiques. Je profite d'un moment de tranquillité pour lui demander plus d'explications sur le départ des deux employés. Toute la table s'arrête de parler et se regarde en chiens de faïence. Je sens que cette histoire n'est pas très nette et je commence même à redouter le pire. Mon imagination bien trop fertile se remet à me jouer des tours. Heureusement pour moi, Maxime ne me laisse pas partir trop loin dans mes délires et chuchote :

– Elles sont sorties avec le même acteur. Bien évidemment, elles n'étaient pas au courant et lorsqu'elles l'ont su elles ont préféré partir.

J'ouvre des yeux grands comme des soucoupes. Bah, merde alors ! Mais qui ? Bizarrement, ou pas, l'image du visage d'Anders Korhonen m'apparaît. C'est forcément lui, c'est un homme à femmes, j'en mettrai ma main au feu.

– Anders Korhonen ?

Maxime confirme mes doutes d'un hochement de tête. Non, mais quel goujat ! Cet homme est vraiment de la pire espèce !

Maxime poursuit sur sa lancée, trop heureux de colporter des ragots.

– En même temps, tout le monde sait dans le milieu qu'il ne s'attache à personne et s'amuse. Je ne comprends pas à quoi elles s'attendaient de sa part, ce n'est pas comme s'il jouait double jeu.

Le terme me semble mal choisi. Justement, il jouait sur les deux tableaux…

– Il sort avec tout le monde, c'est de notoriété publique ! J'ai entendu dire qu'il avait été très clair avec elles. Et puis, leurs histoires n'ont duré qu'une nuit ! Vraiment, je n'ai pas compris leur réaction !

C'est bien un homme, tiens ! Le savoir et l'expérimenter, ce n'est pas la même chose. Ces femmes ont sans doute espéré pouvoir changer la donne et faire la différence. En tout cas, tout s'éclaire pour moi. Le poste à la dernière minute, les paroles du gars de l'entretien, le tournage déjà entamé… La situation est particulière, mais grâce à cela j'ai la chance d'être sur ce tournage et j'ai l'intention de profiter de chaque instant.

Un peu plus tard dans l'après-midi, juste avant que la nuit ne tombe, l'équipe part tourner une scène en extérieur. Marie court dans tous les sens, puis s'arrête lorsqu'elle me croise.

– Vous nous suivez Léah, pour les retouches maquillages.

– Bien entendu.

J'attrape ma mallette et pars à la suite de l'équipe. Je me retrouve dans la voiture avec une partie des techniciens et chacun y va de son anecdote. Le temps de trajet est bien trop court pour que j'apprenne quoi que ce soit d'intéressant si ce n'est ce que je soupçonnais déjà sur Anders Korhonen. Ce dernier est d'ailleurs déjà sur place lorsque j'arrive. Il rit avec les autres acteurs et s'arrête lorsqu'il m'aperçoit.

– Ah, la petite maquilleuse ! J'ai besoin d'une retouche !

Sérieusement ? La petite maquilleuse ? Et s'il te plait, ça t'écorcherait peut-être les lèvres ! Je bous intérieurement. Je serre les poings et lui offre un sourire crispé, la mâchoire serrée à m'en faire péter les dents. Je le rejoins sous une tente installée pour le tournage. Cela fait à peine quelques minutes que je le maquille quand il m'interroge.

– Alors, Théa, vous êtes contente de me maquiller ?

Bé oui abruti, tu ne vois pas ? Je suis en train de remuer la queue !

– C'est Léah, Monsieur Korhonen, je lui réponds en me forçant à rester calme.

– Anders, juste Anders.

Et si je t'appelais André plutôt, non ? Tu verras ce que ça fait quand on écorche ton prénom.

– Je suis ravie d'être sur ce tournage, en effet.

– C'est pourtant pas le tournage du siècle, grommelle-t-il dans sa barbe.

– Je ne vous suis pas ? Vous n'êtes pas heureux de tourner ce téléfilm ?

Les mots sont sortis de ma bouche sans que je prenne le temps de réfléchir. Maudite spontanéité ! Alors que je pense qu'il va me dire de me mêler de mes affaires, il me surprend en me répondant d'un ton presque désolé.

– Pas vraiment…

Il n'en dit pas plus, me laissant encore avec des questions plein la tête. Je passe le reste de l'après-midi à les regarder jouer. Le personnage de Lisa est très attachant, ce qui n'est pas le cas pour l'actrice. Elle joue le rôle d'une femme blessée par la vie et qui va avoir la chance de croiser le chemin de Mark alias Anders. Ce dernier est très différent lorsqu'il joue. S'il apparaît plutôt sombre et taciturne dans sa vie de tous les jours, il semble se mettre à vivre vraiment dès qu'il est sous les projecteurs. Je prends beaucoup de plaisir à le regarder, oubliant presque à quel point il est détestable.

– Et… coupez ! crie le réalisateur en me faisant sursauter.

En un instant, c'est l'effervescence. Chaque membre de l'équipe s'affaire à une tâche et le studio du jour est démonté en moins de temps qu'il n'en faut pour le dire.

– Je paie une tournée générale pour fêter la fin de semaine ! annonce Matt Bonfrey. Toute l'équipe est invitée !

– C'est très généreux de ta part, lui répond Lisa. Tu viens Anders ? minaude-t-elle en s'approchant de lui.

– On m'invite, je viens ! plaisante-t-il sans prêter plus attention à la jeune diva.

Le bar est spacieux et l'ambiance feutrée. La nuit est déjà tombée depuis de longues minutes et la température est encore descendue. Assise près des techniciens et d'une partie du staff, j'observe une grande blonde s'avancer en criant comme une hystérique vers Anders Korhonen. Contrairement à ce que je pensais, le jeune homme n'est pas plus réceptif que ça.

– Je pourrais avoir un autographe ? Vous êtes tellement beau !

Il se lève, s’approche d’elle et s’exécute comme un robot. D’autres femmes les rejoignent et le moment de détente se transforme vite en séance de dédicace.

– Léah, tu bois quoi ? me demande Maxime.

– Une bière, merci. Ce n’est pas super en fait d’être connu !

– Tu rigoles ! plaisante un des cadreurs. J’aimerais bien être à sa place avec toutes ces nanas qui lui tournent autour à longueur de journée.

Les autres se marrent et valident ce qu’il vient de dire. Ils seraient tous prêts à échanger leur place avec le bel acteur. Seul Maxime semble perdu dans ses pensées, regardant l’acteur avec une mine désolée. Le moment s’éternise et on finit par prendre notre repas dans ce petit bar. Une des filles, encore une grande blonde, fait des allées et venues incessants pour parler à Anders. Je ne suis qu’à moitié surprise lorsqu’il part avec elle en fin de soirée.

6 DÉCEMBRE

– Léah bonjour, c'est Marie. Je vous réveille ?

Je regarde l'heure sur l'horloge murale de la chambre. Elle indique huit heures pile. C'est mon premier jour de repos et je comptais m'octroyer une grasse matinée. Raté !

– Le manager de Monsieur Korhonen souhaite vous parler. Il dit que c'est urgent.

– Très bien, j'arrive.

Je m'assois sur le lit, les jambes pendant dans le vide tellement il est haut. Je ne comprends pas pourquoi je suis convoquée dans son bureau. J'ai beau réfléchir, je ne pense pas avoir fait d'erreur ou quoi que ce soit qui justifie cette rencontre. Je m'habille à la hâte, un jean et un gros pull col roulé, enfile ma doudoune et mes boots et part le rejoindre le pas rapide. Si quelque chose ne va pas, autant que je sois fixée et vite. Je croise tout de même les doigts pour ne pas être virée. Est-ce que l'un des acteurs s'est plaint de mon travail ? Je repense à Anders Korhonen et à son attitude envers moi, plutôt froide et désagréable. À coup sûr c'est à cause de lui. Les autres se sont montrés plus agréables avec moi. Ou indifférents. J'essuie négligemment la paume de mes mains moites contre mon jean et toque à la porte.

– Entrez !

L'homme est assis derrière un bureau massif et me fait signe de venir m'asseoir.

– Bonjour, installez-vous.

Au moment où je fais un pas en avant, je remarque la présence d'Anders Korhonen au fond de la pièce. Je marque un temps d'arrêt et l'observe. Il fait les cent pas, la mine fermée, il semble vraiment énervé. J'en étais sûre ! C'est à cause de lui si je suis là ! Qu'est-ce que j'ai bien pu faire à ce petit con prétentieux et arrogant ? J'ai mal mis son eye-liner ? La marque du fond de teint ne lui convient pas ?

– Asseyez-vous, je vous en prie, répète le manager, impatient.

Je préférerais rester debout, mais cela ne se fait pas. L'inquiétude a laissé place à la colère et mon corps n'est qu'une énorme boule de nerfs. Je prends place sur le siège, tournant le dos à l'acteur. Même si je ne le vois pas, je sens qu'il bouillonne de rage.

– Assieds-toi Anders.

– Non.

Sa voix est sèche, dure. Je n'ose même pas me tourner vers lui pour le regarder.

– Bien, poursuit le manager. Je n'irai pas par quatre chemins, Mademoiselle Makinen. Nous avons besoin de votre aide.

Je tombe des nues. Je me demande même si j'ai bien entendu. Comme je reste coite, statufiée sous l'effet de la surprise, le manager semble utile de répéter.

– Nous avons vraiment besoin de vous.

Derrière moi, Anders émet un petit rire sans joie. Son manager ne relève pas et poursuit.

– La réputation de Monsieur Korhonen est au plus mal. Ses frasques à répétitions lui ont donné une image d'homme à femmes, instable et à la limite du fréquentable.

Eh bien ça alors, comme c'est surprenant. Serait-ce l'heure de payer les pots cassés, Monsieur Korhonen ?

– Les propositions de films sont devenues quasi inexistantes et le dernier sondage révèle qu'il n'a plus la côte auprès des femmes qui sont, pourtant, notre cible principale. La plupart le qualifient de termes peu élogieux…

Goujat ! Coureur ! Tombeur ! J'en ai plein d'autres en réserve s'il faut, il n'y a qu'à me demander ! En tout cas, c'est bien beau tout ça, mais je ne vois pas du tout où il veut en venir. Alors qu'il était jusqu'à présent silencieux, le jeune acteur lance d'une voix qui se veut ironique.

– En même temps, il faudrait savoir ce qu'elles veulent…

– Anders, le coupe son manager, je t'en prie, on en a déjà parlé… Il s'agit aujourd'hui de limiter les dégâts. Vous comprenez, poursuit-il en s'adressant de nouveau à moi, nous devons casser cette image et lui donner une nouvelle image toute neuve.

Oui, logique. Sauf que je ne comprends pas du tout ce que je viens faire là-dedans. Après s'être raclé la gorge, il m'explique.

– Nous souhaitons inventer de toutes pièces une idylle avec Monsieur Korhonen. Une histoire sérieuse, respectueuse et qui lui donnerait une image différente de celle qu'il a.

Hum, hum, je vois. Du fake, quoi. Manipulation de médias et compagnie.

– D'accord et en quoi puis-je vous aider ?

Non parce que je ne suis que maquilleuse. C'est vrai, je fais des miracles. Je transforme des gens tout à fait quelconques en canon de beauté. Mais je ne vois pas en quoi ce talent va servir…

– Nous souhaitons que vous soyez cette personne…

– Quelle personne ?

– Celle qui sera sa compagne.

Je pars dans un grand éclat de rire. Très drôle, vraiment. Où est la caméra cachée ? Mon interlocuteur devant moi conserve son sérieux. Mon regard se pose alternativement sur le sien et sur celui d'Anders. Personne ne semble plaisanter.

– Vous n'êtes pas sérieux ?

Anders vient finalement s'asseoir sur le siège à côté de moi. Il frotte nerveusement son visage entre ses mains avant de me répondre.

– Malheureusement, oui. N'allez pas croire que je cautionne cette idée pourrie. Mais il semblerait que cela soit ma dernière chance afin que ma carrière ne parte pas en fumée.

– Pourquoi ne pas demander à une actrice ?

– Trop risqué, me répond le manager. Bien entendu, nous vous proposons une contrepartie.

Je suis abasourdie. Cette proposition est insensée.

– Pourquoi moi ?

– On aurait pu demander à Marie, mais je ne fais pas dans la nécrophilie.

– Anders ! le coupe son manager.

– Quoi ? C'est vrai ! C'est un dinosaure !

– Plus sérieusement Mademoiselle, vous sembliez être le choix le plus judicieux. Un membre de l'équipe, jeune, jolie. Nouvelle…

– Il y en a d'autres !

Je n'arrive pas à croire que cela tombe sur moi ! Pourquoi ? Quelle poisse ! Il est impensable que je joue la petite amie de ce type !

– Je vous disais donc, nous sommes très satisfaits de vos services. En échange, nous vous proposons un contrat exclusif avec nous. Vous serez la maquilleuse privée de Monsieur Korhonen et de mon équipe. Vous serez avec nous pour tous nos tournages.

Mes yeux s'ouvrent en grand tant je suis surprise. Bon, je peux peut-être réfléchir à la question, finalement. C'est une chance qu'une jeune débutante comme moi ne peut pas laisser passer. Il s'agit juste de faire semblant en public, devant les médias. Quelques photos, peut-être une interview…

– D'accord.

Anders me regarde, surpris.

– Je ne pensais pas que vous accepteriez.

– Uniquement pour l'opportunité que cela me donne au niveau de mon travail.

– Alors c'est réglé ! clame le manager visiblement rassuré. Vous devrez signer un contrat de confidentialité. Si vous ne le respectez pas, tout sera caduc. Nous ne serons plus tenus de respecter nos obligations. Je vous le fais parvenir ce soir.

7 DÉCEMBRE

J'ai passé le reste de ma soirée à lire le contrat. Je vais devoir partager trois soirées au restaurant ou ailleurs avec lui pour que les paparazzis nous prennent en photo et participer à la soirée de clôture du tournage. Si ce n'était pas Anders Korhonen, cela ne me poserait aucun problème. Je ferais ça les doigts dans le nez. Mais là… Je ne suis pas sûre d'arriver à supporter son arrogance, son manque d'amabilité et tout ce qui le caractérise. Une question me taraude : quelle attitude devons-nous adopter devant l'équipe ? À mon avis, inutile de jouer la comédie devant eux.

Après avoir maquillé les deux premiers acteurs, j'entre dans la loge d'Anders Korhonen avec une certaine appréhension. Il est debout, en train d'enfiler son sweat de Noël dans lequel il joue son rôle. Il me semble encore plus fermé que d'habitude, ses yeux fixés sur le miroir.

– Bonjour, bien dormi ? je demande afin de paraître courtoise pour alléger l'atmosphère.

Il hausse les épaules et ne prend pas la peine de me répondre ni même de me saluer. Il pourrait être un peu plus sympa avec moi étant donné que je lui sauve les fesses en acceptant de jouer le jeu. N'y tenant plus, et face à son mutisme durant toute la séance de maquillage, je ne peux m'empêcher de le lui faire remarquer. Il éclate de rire, ce qui a pour effet immédiat de m'agacer.

– Vous n'êtes pas à plaindre ! Vous avez tout à y gagner ! Jouer la petite amie d'un acteur célèbre ne doit pas être pour vous déplaire, en plus !

– Mais détrompez-vous !

Il est choqué. Je crois que je viens de le toucher dans son amour propre. Son regard devient dur en un instant et il me lance d'une voix grave :

– Ce n'est pas mon idée ! Croyez bien que cette situation me dégoûte tout autant que vous !

Cette fois, c'est moi qui suis blessée. Dégoûté ? C'est un peu fort ! Je ne prends même pas la peine de lui répondre, attrape ma sacoche et referme la porte derrière moi sans un regard en arrière.

Devoir rester sur le lieu du tournage est un supplice. Je n'ai aucune envie de parler à Anders, mais ce dernier prend un malin plaisir à demander des retouches maquillage à la moindre occasion. Toutes les excuses sont bonnes : il a un peu transpiré, le baiser échangé avec « Lisa » et encore tant d'autres raisons. Au final, j'ai dû le remaquiller une bonne dizaine de fois.

Je regagne tranquillement mon chalet quand Maxime m'interpelle.

– Il se passe quoi avec Korhonen ?

– De quoi tu parles ?

– Allez, j'ai bien vu que c'était tendu entre vous !

J'ai le choix entre nier ou dire partiellement la vérité. J'opte pour la deuxième option.

– Il a eu une parole désagréable pendant que je le maquillais ce matin, rien de bien grave.

Il ne semble pas dupe, mais n'en dit rien.

– Demain soir, on va décorer et faire le sapin dans la grande salle, on peut compter sur toi ?

– Bien sûr !

– À demain, alors.

J'entends la neige qui crisse sous des pas et me retourne, pensant voir Max. Sophia Lens se trouve juste à quelques mètres derrière moi. Je la salue poliment, et alors que je pense qu'elle va se diriger vers un des chalets, elle continue droit dans ma direction.

– Mademoiselle Makinen !

– Oui ?

– Je suis venue vous dire que vous êtes une très gentille fille, je vous apprécie beaucoup.

D'accord. Je sens qu'il y a anguille sous roche. J'attends la suite tout en plaquant mon fameux sourire de circonstance sur le visage. Je l'écoute poursuivre d'une voix mielleuse.

– C'est pour cette raison que je voulais vous mettre en garde.

Elle fait un pas dans ma direction et murmure sur le ton de la confidence.

– Méfiez-vous d'Anders, il se moque de vous, il n'a que faire des femmes dans votre genre.

Je me mords la lèvre pour ne pas répondre. Elle cachait bien son jeu. Sous ses airs de gentille fille, elle n'est en réalité qu'une garce condescendante. Dans mon genre… Je décide de feindre l'ignorance.

– Je ne comprends pas ?

– Vous savez bien de quoi je parle. J'ai vu votre petit manège, tous les regards qu'Anders vous jette, toutes les fois où il a sollicité votre présence. Autant vous dire que beaucoup se sont brûlé les ailes en voulant voler trop près des étoiles.

J'imagine que les étoiles, ce sont eux.

– Merci pour vos conseils Madame Lens. Bonne soirée.

Je regagne mon chalet et au moment où je referme la porte, je relâche toute la pression que j'avais accumulée au long de cette journée. Dans quoi je me suis encore fourrée ? Je n'ai qu'une envie, appeler mon amie pour tout lui raconter. Je me retiens à la dernière seconde, me rappelant que j'ai signé une clause de confidentialité qui m'empêche de parler de tout cela à qui que ce soit.

8 DÉCEMBRE

– Mademoiselle Makinen ?

Sophia Lens m'appelle pour la quatrième fois de la matinée. Son mascara a coulé, son fond de teint a bavé, son rouge à lèvres n'est pas assez foncé… Je crois qu'elle essaie de me faire comprendre qu'ici, l'étoile, c'est bien elle. Elle se trémousse devant Anders et va même jusqu'à me fixer lorsqu'elle l'embrasse pour une scène. Elle est d'un ridicule, comme si j'en avais quelque chose à faire !

– Léah, t'as pas oublié qu'on décore le sapin ce soir ? Harry est allé le chercher avec d'autres gars de l'équipe. Il paraît qu'il est immense, j'ai hâte de le voir !

Ses yeux brillent comme ceux d'un enfant. On a raison de dire qu'il n'y a pas d'âge pour la magie de Noël.

– Je serai là, promis ! je lui réponds en me dirigeant vers la sortie.

Je repense à mon petit sapin artificiel que je ressors tous les ans. Je trouve cela très pratique et surtout, il n'y a pas d'épines partout sur le sol. Je pourrais même dresser une liste avec tous les avantages d'un sapin artificiel. Perdue dans mes pensées, je sursaute en voyant Anders arriver à mes côtés. Il avance vers moi et alors que je me demande pourquoi il s'approche aussi près, il me surprend en plaquant sa bouche contre la mienne. Son baiser dure quelques secondes à peine, des secondes pendant lesquelles je passe par un millier d'émotions confondues. La surprise, l'étonnement, le plaisir, la colère puis encore le plaisir. Celui de savourer ses lèvres pleines et sensuelles. Celui de sentir tout mon être trembler. Mon cœur tambourine dans ma poitrine et je dois me faire violence pour retrouver mes esprits et le repousser doucement, mais fermement.

– Pourquoi est-ce que vous avez fait ça ?

– De quoi, ça ?

– M'embrasser !

– Nous sommes censés être un couple et je crois bien que c'est ce que font les couples.

– Ce n'était pas marqué dans le contrat !

Ses lèvres s'incurvent légèrement pour laisser apparaître un petit sourire en coin. Je vais lui faire bouffer moi, son sourire !

– On doit passer pour des amants, pas pour des amis. Donc…

Il colle ses deux index l'un contre l'autre en imitant le bruit d'un baiser.

– Vous… vous êtes écœurant !

– Il serait préférable de se tutoyer, à présent.

Tous ont les yeux tournés vers nous. Heureusement, j'ai parlé doucement et personne n'a pu entendre les propos de notre discussion animée. Anders me fait un clin d'œil et s'en va dans la direction opposée à la mienne. Sous le choc, je mets quelques secondes pour retrouver une contenance et rejoindre mon chalet. Non, mais quel culot ! En plus d'être insupportable, ce type est sans gêne. Comment a-t-il osé m'embrasser ? Je suis terriblement en colère. Mes doigts se posent sur mes lèvres au souvenir de ce baiser, mon cœur s'accélère et mon ventre se tord. Mon propre corps me trahit et m'oblige à admettre que j'ai apprécié ce baiser bien plus que je ne veux me l'avouer. J'attrape le contrat que j'ai caché au fond d'une commode, et parcours les lignes pour trouver la mention de ces fameux baisers. Rien. En y réfléchissant, je ne peux qu'admettre qu'il a raison. Ce n'est pas écrit, mais c'est implicite. Comment passer pour un couple aux yeux des autres si nous ne nous comportons pas comme tel ? C'est un détail, de taille, auquel je n'avais pas pensé. À l'idée de devoir à nouveau l'embrasser, je frémis. Non, non, non Léah, arrête ça tout de suite ! Tu n'es pas comme toutes ces filles qui espèrent une romance avec un bel acteur célèbre. Tout ce qui m'intéresse c'est ma carrière et cette opportunité. Rien d'autre. J'irai au bout de ce contrat et je pourrai par la suite être la maquilleuse officielle de ce grand groupe.

Je prends une douche, enfile un jean et un sweat confortable et retourne dans la grande salle à manger pour aider l'équipe à décorer le sapin. Lorsque j'arrive, je suis surprise par la taille du conifère. Plus de deux mètres, c'est sûr !

– Léah ! m'interpelle Maxime, tu es là, génial. Tu arrives juste au bon moment. On va s'y mettre.

– Vu la taille du géant, il va nous falloir un temps fou pour le décorer. J'espère que vous n'avez pas lésiné sur la déco ?

Il sourit et me montre un énorme carton empli de guirlandes rouges et grises et de boules de Noël. On aura de quoi faire ! Une partie de l'équipe a déjà commencé et dispose des rennes en bois un peu partout dans la salle. Matt Bonfrey est également présent et il aide une jeune accessoiriste à attacher une énorme guirlande verte tout autour de l'encadrement de la baie vitrée. Meline, la coiffeuse, est penchée sur son portable à la recherche d'une playlist de Noël. Quelques secondes plus tard, « All I want for Christmas is you » de Mariah Carey est sur toutes les lèvres. Je commence à farfouiller dans le carton et mettre une guirlande sur le sapin lorsque je vois arriver Anders. Je ne pensais pas qu'il se joindrait à nous. Il s'avance dans ma direction et tout mon corps se contracte dans l'attente de sa réaction. Heureusement, il se contente de me sourire et se penche à son tour dans la grosse boîte pour nous aider. Maxime me regarde et me fait les gros yeux juste avant de se mettre à rire. Je lui mets un coup de coude dans les côtes, histoire qu'il arrête de se fendre la poire à mes dépens.

– Aie ! plaisante-t-il tout en se collant à moi pour murmurer dans mon oreille, cachotière !

Nul doute qu'il a entendu parler de notre baiser. Je comprends mieux pourquoi Anders a agi ainsi. La nouvelle s'est répandue comme une traînée de poudre. Tout le monde s'active pour donner à cette pièce immense et au majestueux sapin un air de fête. Anders se révèle être de bonne humeur et je découvre une face de lui que je ne connaissais pas encore. Sociable et agréable. Discrètement, Maxime m'informe qu'il est toujours ainsi avec le reste de l'équipe. Il est très apprécié de tous, sauf de la gent féminine en âge de craquer sur lui et de tomber dans ses filets. À son air un peu triste, je comprends qu'il pense que je suis une de ses victimes. Je rage à l'idée de passer pour le genre de fille que je ne suis pas, mais je ne peux rien révéler. Cela dit, ils finiront tous par penser que notre histoire est assez sérieuse puisqu'elle doit faire la une des journaux très bientôt. Je pense à la réaction d'Élisa qui l'apprendra ainsi et qui m'en voudra à mort pour ne rien lui avoir dit, mais je ne peux me résoudre à lui mentir. Je préfère le silence au mensonge. Lorsque j'ai accepté de signer ce contrat, j'étais loin d'avoir pensé à tout et surtout aux conséquences de tout cela. Je décide de me sortir ces pensées de la tête et de profiter du moment. Cela fait déjà plus d'une heure que nous nous activons et déjà, tout le bas et une bonne partie du milieu du Nordman sont embellis d'ornements. On se retrouve tous sur la pointe des pieds pour essayer d'atteindre le sommet et alors que je sautille pour installer une grosse boule rouge, je sens des bras puissants me soulever de terre. Je pousse un petit cri de surprise et me retourne pour voir qui me porte dans ses bras. Je croise les yeux d'Anders, des yeux d'un vert hypnotique, impossible à décrire. Ses mains sont sur mes hanches et une chaleur intense se diffuse dans tout mon corps. Faites qu'il me lâche et vite ! Je jette presque la boule sur la branche dans l'espoir qu'il me repose sauf qu'il demande à Maxime de nous faire passer d'autres boules pour en profiter et les installer toutes. Son corps collé au mien, il ne semble pas perturbé par notre soudaine proximité. Il rit avec Maxime et les autres, sans doute à mille lieues d'imaginer le supplice qu'il m'impose. C'est bien plus simple de le détester quand il est imbuvable. La gentillesse dont il fait preuve depuis tout à l'heure n'est pas pour me simplifier la vie, car une chose est sûre et certaine : je ne dois en aucun cas craquer sur Anders Korhonen et oublier qu'il joue la comédie avec moi.

Pourtant, lorsque je retourne dans mon chalet après manger et que je m'allonge sur mon lit pour observer les étoiles, son visage apparaît dans le ciel et je m'endors en pensant à lui.

9 DÉCEMBRE

Il est très tôt ce matin lorsque j'entre dans la loge d'Anders. Nous nous sommes quittés la veille juste après avoir terminé de décorer le sapin. Il était attendu pour un repas avec son manager tandis que j'ai pris mon repas avec une partie de l'équipe dans la salle à manger du complexe hôtelier. Je suis de bonne humeur, m'attendant à retrouver la même personne que la vieille. Il n'en est rien. Son accueil est glacial, le visage fermé et arrogant. Le même Anders Korhonen que j'avais l'habitude de côtoyer. Après l'effet de surprise et la déception, je me mets au travail, ne cherchant même pas à amorcer la conversation. Puisqu'il veut que cela soit ainsi, grand bien lui fasse ! Je n'attends rien de lui, de toute façon. Je réalise juste que c'est un très bon acteur, qu'il a su me faire croire hier qu'il pouvait être sympa et agréable avec moi. Grossière erreur. Il reste de marbre tout le long du maquillage, les yeux fermés et la mâchoire contractée. Quel être odieux ! Je le laisse sortir de la salle avant moi et le regarde se diriger vers le plateau de tournage. Il salue ses collègues, l'équipe qui est près de lui. Maxime a raison, c'est une attitude qu'il réserve aux femmes !

– Qui est disponible ? crie Marie à tue-tête en courant de partout.

– Quel est le souci ? lui demande Jonas, le chef opérateur.

– Le colis qu'on attendait est resté bloqué à l'entrepôt ! Ils n'ont personne pour nous le mener et on en a besoin pour tourner la scène. Sans ce colis, pas de tournage !

Je ne sais ni de quel entrepôt elle parle ni de quel colis il est question, mais ce que je sais, c'est que j'ai besoin de m'aérer l'esprit et de m'éloigner de cet homme. Du coup, je lui propose :

– Je peux y aller Marie ! Si le tournage est en stand-by, pas besoin de retouches, donc je suis dispo.

– Oh, tu es adorable ! C'est super ! Prends les clés de la jeep et rends-toi à l'entrepôt. Tiens, c'est le numéro du colis, les clés sont sur la table au fond.

La jeep ? L'entrepôt ? J'ai peut-être présumé de mes capacités. Conduire une si grosse voiture dans la neige me paraît impossible pour moi. Et puis, vais-je me repérer pour trouver l'entrepôt ? Maintenant que je me suis proposée, difficile de faire machine arrière sans passer pour une idiote. Je tends la main pour attraper le papier et me dirige vers la sortie en attrapant les clés au passage.

Je suis surprise de constater que la nuit est toujours là. Depuis mon arrivée, les jours n'ont fait que raccourcir. Nous n'avons eu qu'une petite heure de luminosité hier. Arrivée devant la jeep, je regarde l'engin avec appréhension. Elle est énorme, j'ai l'impression d'être une fourmi à côté d'un morceau de fromage. Ou d'un citron. Bref, je me sens ridicule. Les roues sont plus grosses que moi et je peine à m'installer au volant. J'entre l'adresse sur le GPS de mon téléphone et constate qu'il y a tout de même plus d'une heure de route. Ce n'est pas la porte à côté. Je panique complètement à l'idée de la conduire et surtout sur un trajet si long. J'ai bien mon permis depuis trois ans, mais j'ai peu d'expérience. Il faut dire que sur Paris, on a plutôt tendance à utiliser les moyens de transport. Je tourne la clé, démarre et reste un long moment sans rien faire. Allez, Léah, tu vas y arriver. Après tout, tu as déjà conduit la mini d'Élisa sur le périph », alors une jeep sur la neige… J'accélère et avance en suivant la direction indiquée par le GPS. C'est bon, je roule. À trente kilomètres certes, mais je roule quand même. Par contre, à ce rythme-là, je risque d'en avoir pour deux heures. Je regarde ma montre, elle indique dix heures trente. Je roule paisiblement sur la route enneigée et face à un ciel immense qui se colore de rose et d'un bleu plus clair. Je prends à droite et me retrouve dans une petite traverse entourée de hauts conifères. Le GPS m'indique que je suis presque arrivée quand j'aperçois soudain une épaisse fumée blanche dans le rétroviseur. Bon sang, que se passe-t-il ? J'ai à peine le temps de m'interroger sur l'origine de cette fumée que le moteur fait un bruit bizarre faisant tressauter la voiture jusqu'à l'arrêt complet. Super ! C'est bien ma veine. Je me retrouve coincée au beau milieu de nulle part en pleine nuit, car le soleil n'a toujours pas daigné montrer le bout de son nez. Je sors du véhicule en sautant presque et fais un pas en direction du capot de la jeep. Je m'arrête bien avant, les mains sur les hanches, les pieds enfoncés dans l'épaisse couche de neige. Qu'ai-je l'intention de faire ? Inutile d'essayer d'ouvrir le capot, je n'y comprends de toute façon strictement rien aux voitures. Je frotte mes mains pourtant gantées et décide de retourner à l'intérieur du véhicule. Inutile, en plus, de mourir de froid. Je ne vois pas d'autres solutions et tente de joindre un membre de l'équipe. C'est Marie qui me répond.

– Je suis tombée en panne.

– Ce n'est pas croyable, on a vraiment la guigne !

– Je suis désolée, je me sens un peu coupable…

– Pas du tout, tu n'es pas dans le moteur ma belle ! On me demande ce qu'il s'est passé exactement.

Je décris la fumée blanche et le moteur qui a calé. J'entends un des gars de l'équipe crier que cela doit être le joint de culasse qui a lâché.

– Impossible de reprendre la route pour toi. On t'envoie quelqu'un. Dis-moi où tu es.

– Le GPS indique que je suis sur la nationale quatre en direction d'Inalo. J'ai roulé presque quarante-cinq minutes.

– Ne t'inquiète pas, ce n'est pas comme s'il y avait trente-six routes. On te trouvera facilement.

– Merci, je vous attends.

Les minutes durent des heures, les secondes des minutes. Je grelotte de froid dans l'habitacle de la jeep en attendant que quelqu'un vienne me récupérer. Le bruit du vent me fait sursauter et j'imagine toutes sortes de choses dans l'obscurité. Courageuse, mais pas téméraire. Je plaide coupable. Quand j'entends le bruit d'un moteur et aperçois les phares derrière moi, je me sens soulagée. Je saute du véhicule, et me dirige droit vers la voiture au moment où le conducteur en sort. Anders. Bien évidemment ! Il fallait que ce soit lui ! Je ne peux me retenir et demande, sur un ton un peu plus sec que je ne l'aurai souhaité.

– Pourquoi c'est toi qui es venu ?

– Je peux repartir si tu préfères ?

– Non !

Bien sûr que non. Déjà que j'ai failli mourir de peur et de froid… Il ne prend pas la peine de me répondre et se dirige vers le capot de la jeep. Il l'ouvre et inspecte l'intérieur.

– Le moteur est noyé. On va appeler une dépanneuse pour qu'elle passe remorquer la jeep.

Moins de trente minutes plus tard, on reprend la route pour l'entrepôt dans un silence aussi glacial que le temps. Une fois arrivés, je ne l'attends pas et me dirige vers l'entrepôt, le numéro de colis en main.

– Bonjour, je viens pour récupérer un colis.

L'homme, d'une cinquantaine d'années, plutôt bien conservé, se dirige vers le fond du hangar et me fait signe de le suivre. Je sens la présence d'Anders derrière moi, silencieux comme depuis son arrivée.

– Voilà jeune fille. C'est celui-ci.

Il me montre une énorme caisse en bois qui a de nombreuses ouvertures sur les côtés et le dessus. Lorsque je m'approche, je vois une grosse étiquette rouge où est inscrit : FRAGILE-ANIMAL.

– C'est une blague ? crié-je stupéfaite en me tournant vers Anders. Mais il y a quoi dans ce colis ?

– Je pensais que tu le savais ! Un chien !

J'ignorais qu'on pouvait transporter et faire livrer un animal. Complètement paniquée pour lui, je me jette sur la caisse et essaie de l'ouvrir. Anders vient à ma rescousse et force sur le couvercle qui se détache en une seconde. Un chiot en sort en me sautant dessus et en me léchant le visage.

– Comme tu es beau !

Il doit avoir à peine quelques mois au vu de sa taille. Il est tout blanc et le contour de ses yeux est noir comme s'il portait une paire de lunettes. Il est magnifique. Mon cœur s'anime à la vue de ce petit chien et je me sens presque euphorique.

– On dirait que quelqu'un a eu un coup de foudre ! plaisante Anders derrière moi.

À son tour, il se penche et caresse l'animal qui n'est pas avare de léchouilles. Le visage d'Anders s'éclaire et je retrouve celui qui m'a aidé à décorer le sapin. Le retour est bien plus animé. Bandit, baptisé ainsi par Anders, est très joueur et ne cesse de nous mordiller les doigts ou de nous lécher le visage. Aucun de nous deux n'a eu le cœur de le remettre dans sa caisse et nous faisons le trajet le chien couché sur mes jambes.

– Comme tu l'as compris, Bandit est le cadeau de Noël de Lisa.

– Les chiens figurants sur les plateaux de tournage n'appartiennent pas à des gens !

– En principe, oui. Mais ils voulaient un chiot et celui-ci n'a pas encore été adopté. Il vient directement de l'élevage.

Anders glisse un regard vers moi et poursuit.

– Alors comme ça, tu aimes les animaux ?

– Alors comme ça, tu les aimes aussi ?

Il rit et tapote la tête de Bandit.

– Bien plus que les êtres humains en tout cas, chuchote-t-il suffisamment fort pour que je l'entende.

Une lueur de tristesse passe dans ses yeux et je me demande qui est vraiment Anders Korhonen.

– Je meurs de faim et il nous reste encore plus de trente minutes de route. Tu veux qu'on s'arrête manger un bout ? Il y a un petit resto sympa pas très loin d'ici.

Sa proposition me surprend, puis je me dis qu'il doit simplement mourir de faim. Le petit restaurant en question a plus des allures de pub. La devanture est tout illuminée et décorée de guirlandes lumineuses. Une grosse horloge indique l'heure à l'entrée.

– Il est déjà presque quatorze heures ! Mais le soleil ne s'est toujours pas levé !

Anders rit de bon cœur tout en s'assoyant sur un des tabourets.

– Tu risques de l'attendre longtemps ! Il ne sera plus de la partie pendant plus d'un mois !

– Quoi ?

– Tu as bien dû remarquer que les jours diminuaient…

– Bien sûr, mais je pensais que cela resterait comme ça pour tout l'hiver.

– Non, c'est le début de la nuit polaire.

– La nuit polaire ?

J'écoute Anders me raconter que la nuit polaire est un phénomène qui se produit dans certaines régions de la Terre lorsque le Soleil ne se lève pas. Comme ici, en Finlande.

– C'est dingue ! Cela ne doit pas être facile à vivre pour eux tous les hivers.

– La nature est bien faite. Après une telle privation de lumière, lorsque l'été va revenir, les Finlandais auront vingt-quatre heures sur vingt-quatre d'ensoleillement.

Je le regarde, abasourdie. J'avoue que ma connaissance des pays nordiques est assez limitée. Je trouve ce phénomène incroyable.

– Cela s'appelle le soleil de minuit.

– Tu es bien informé.

– Normal, je suis originaire d'ici, d'Helsinki. Ton nom de famille est lui aussi d'ici, tu le sais ?

– Mon père m'en a vaguement parlé. Il s'agit d'un arrière-grand-père, je lui réponds en haussant les épaules, n'ayant pas plus d'information sur mes origines. Tu vis en France depuis longtemps ?

– Je ne vis nulle part. Je vais où mon manager me dit d'aller pour un tournage. Je suis parti de Finlande il y a bien longtemps. Dès que j'ai commencé ma carrière à douze ans.

– Wahou, c'est jeune !

J'ai de la peine en imaginant le petit garçon qu'il était, séparé de sa famille, de ses amis. C'est une vie atypique, à mille lieues de la mienne.

– On s'y fait, me répond-il comme s'il avait lu dans mes pensées.

– Tu dois te sentir seul ?

– Parfois… tiens, prends la carte. J'ai déjà choisi, je vais prendre une soupe avec du crack-pain.

– Du quoi ?

Décidément, il me parle chinois

– C'est une sorte de galette… Mademoiselle je découvre la Finlande.

– Je vais goûter ! Je prends comme toi !

Bandit jappe un petit coup, et Anders prend ça pour une demande.

– Quoi, tu veux manger toi aussi mon pote ?

Je le regarde donner à manger au chiot en me disant que cet homme est surprenant.

– Je voulais un chien quand j'étais petite, mais mes parents n'ont jamais voulu. Maintenant que je pourrais, je me dis qu'avec mon train de vie c'est peut-être compliqué.

– C'est sûr ou alors il faut l'emmener sur le tournage.

– Personne n'accepterait que la maquilleuse débarque avec son chien !

Il sourit et poursuit tout en mangeant la soupe que le serveur vient de déposer sur le comptoir.

– J'ai eu un chien quand j'étais gosse, un golden retriever.

– Ils sont magnifiques ces chiens !

Je le regarde caresser Bandit et ne peux m'empêcher de lancer :

– On voit que tu aimes les animaux.

– C'est vrai, j'essaie de m'impliquer pour la cause animale.

J'imagine qu'il donne une somme d'argent assez conséquente, facile, quand on s'appelle Anders Korhonen.

– Deux fois par an, je participe à une manifestation organisée par l'association pour laquelle je milite. Je partage aussi au maximum les posts pour les adoptions. Ce n'est pas grand-chose, mais je fais ce que je peux compte tenu du manque de disponibilité.

Alors là, je suis sidérée. Monsieur donne de son temps, pas de son argent. Bravo, j'admets que ce type me surprend de plus en plus. Le reste du repas se poursuit dans une ambiance détendue et une fois notre soupe avalée, on reprend la route en direction du complexe hôtelier où l'équipe doit nous attendre. Moins de trente minutes plus tard, Bandit a conquis le cœur d'une grosse partie de nos collègues.

10 DÉCEMBRE

La nuit a été longue. Pas seulement parce que c'est une nuit polaire. Nous avons tenté de rattraper le retard et le tournage a eu lieu le soir et une partie de la nuit. Il est plus de deux heures du matin lorsque nous éteignons les lumières du plateau, exténués, mais contents d'avoir pu avancer. Bandit a apporté une touche supplémentaire de gaieté durant ces longues heures de travail. Toute l'équipe l'a trouvé craquant ou presque. Sophia Lens s'est une fois de plus démarquée, ne supportant pas que le chiot l'approche. Manque de pot, elle joue le rôle de Lisa qui reçoit en cadeau ce petit chiot le matin de Noël. Bandit s'en est donné à cœur joie et lui a sauté dessus à de nombreuses reprises, provoquant les cris de la capricieuse actrice.

Juste avant de partir, je m'informe sur le lieu où va dormir Bandit.

– On va lui faire une petite niche par ici, propose Erik, le metteur en scène.

– On peut prendre sa caisse en bois ? interroge Marie.

Je les écoute un long moment réfléchir à la meilleure option. Bandit joue devant nous avec une ficelle et je n'hésite pas plus longtemps pour proposer :

– Je peux le prendre avec moi, si personne n'y voit d'inconvénient.

– Non, bien entendu ! Au contraire, c'est parfait !

Je pars en direction de ma chambre lorsqu'Anders me crie de l'attendre.

– Je vais le balader un peu avec toi.

Je crois qu'il est aussi accro que moi à ce chien. Je réajuste mon écharpe autour de mon cou et grelotte, le froid devenant de plus en plus insupportable. De son côté, Bandit ne semble pas s'en soucier et se roule dans la neige. On est à peine à quelques mètres de mon bungalow lorsque soudain, une lumière vacillante attire mon regard. Une immense traînée d'une couleur verte ondule dans le ciel. La couleur s'intensifie pour prendre une teinte indescriptible. Le ciel s'illumine et m'offre un spectacle auquel je ne pensais jamais assister. Je me sens comme hypnotisée devant ces cascades colorées qui dansent dans le ciel.

– C'est incroyable…

– Tu n'en avais pas encore vu ?

– Non… c'est ça, une aurore boréale ?

– C'est ça, oui.

– C'est magique.

– Complètement magique. Il n'y a rien de plus incroyable au monde.

Je me tourne vers lui, son visage est tout près du mien. Il ne regarde plus le ciel, mais me fixe de ses grands yeux verts. Tout à coup, je réalise. Je sais enfin comment décrire le regard d'Anders. Ce regard d'un vert hypnotique. Ce regard de la couleur de l'aurore boréale. On reste un instant ainsi, silencieux, conscient de partager un moment extraordinaire.

– Tu connais la légende ?

– Non.

– Ici, on appelle les aurores boréales, les renards de feu.

– Pourquoi ?

– Selon un mythe, les renards arctiques créent les aurores boréales. La vitesse de ces renards de feu qui courent dans le ciel déclenche des étincelles qui illuminent la nuit, leur grande queue frottant les montagnes environnantes. Une autre version raconte que les renards de feu projettent la neige déposée au sol avec leur queue. Les flocons, lorsqu'ils retombent au sol, reflètent la lumière de la lune et font naître les aurores boréales.

Je bois ses paroles, sous le charme de la légende et de celui qui me la raconte. Cet instant s'éternise et seuls les aboiements de Bandit nous extirpent de cette parenthèse hors du temps.

– Il est tard, tu devrais aller te coucher.

Je n'ai pas le temps de lui répondre que Sophia Lens, qui se dirigeait vers son bungalow, change de direction en nous apercevant et s'approche de nous.

– Encore une aurore boréale ! J'en ai tellement vu ces derniers jours…

Personne ne prend la peine de lui répondre. Anders tend une main vers ma joue, la caresse juste avant de me lancer :

– Bonne nuit, Léah.

Surprise par la douceur de son geste, je le regarde s'éloigner en direction de sa chambre et lui souhaite au dernier moment une bonne nuit à mon tour.

– Je vois que vous n'avez que faire de mes conseils. Vous ne viendrez pas pleurer !

J'avais presque oublié la présence de Sophia Lens. Je réalise avec amertume qu'elle est la raison pour laquelle Anders a fait cette démonstration d'affection.

– Enfin, il va encore falloir trouver une maquilleuse… crache-t-elle d'un air suffisant en prenant la même direction qu'Anders.

Une pointe de jalousie s'insinue en moi et je la chasse avec violence. Ne pas commencer comme ça, surtout pas. Il ne se passe rien entre lui et moi. C'est juste un contrat.

Midi. La journée passe au ralenti. J'ai maquillé Anders ce matin et cette fois-ci, c'est moi qui suis restée distante. Je dois m'imposer cette conduite pour ne pas risquer un dérapage incontrôlé. D'autant plus que je ne peux m'empêcher de me demander s'il a passé la nuit avec Sophia Lens. Je la déteste, c'est officiel. Elle ne cesse de me jeter des regards appuyés, surtout lorsqu'elle est accrochée au cou d'Anders lors du tournage. Une vraie arapède.

– Coupez ! C'est l'heure de la pause ! crie le metteur en scène.

Je fonce vers la salle à manger pour prendre mon repas au plus vite. Je n'ai envie de croiser personne, surtout pas Anders et Sophia. Manque de pot pour moi, elle débarque comme une fleur, en sifflotant.

– Je suis exténuée, surtout après cette nuit !

La garce. Elle laisse planer le doute. Elle peut aussi bien parler du tournage qui s'est fini tard comme de la nuit avec Anders. Elle le fait exprès. Je décide de ne rien laisser paraître et me sers au buffet une grosse salade agrémentée de tomates. Rien de plus, elle m'a coupé l'appétit. Zut et rezut, Léah. Ils peuvent bien faire ce qu'ils veulent, notre histoire à nous, c'est du bidon. J'avance vers la table pour m'asseoir quand je sens les bras d'Anders m'attirer à lui. Il dépose un baiser sur mon front, me serre contre lui et murmure :

– Tu préfères ?

J'imagine qu'il me demande si je préfère cette attitude au baiser de la dernière fois. La réponse ? Oui... non... je ne sais pas trop... Je m'abstiens de tout commentaire, c'est mieux. Sa main remonte le long de mon dos, et des frissons parcourent mon corps, des pieds à la tête. À cause de la température, c'est sûr. Je vais finir par tomber malade. Quand il me lâche, je perds l'équilibre et me raccroche à la table.

– Tout va bien ? s'inquiète-t-il.

– Parfait, oui.

Mon regard croise celui de Sophia Lens. C'est officiel ! La guerre est déclarée.

Je mange à la vitesse de l'éclair dans le seul but de quitter la pièce au plus vite. J'en ai même mal au ventre. Dès que le tournage se termine, je pars presque en courant pour rejoindre ma chambre. Affalée sur mon lit, je contemple les étoiles et une nouvelle aurore boréale qui se dessine dans le ciel. Jamais, plus jamais, je ne pourrai les voir sans penser à lui et à son regard vert magique.

11 DÉCEMBRE

La nuit polaire commence à peser sur le moral des troupes. Ne pas voir la lumière du jour est difficile, même si nous passons le trois quarts de notre temps à l'intérieur pour le tournage. Sophia Lens m'en fait voir de toutes les couleurs et n'a de cesse de me solliciter. Quand vient l'heure du souper, je respire, soulagée d'en finir avec cette journée, d'autant plus que j'ai un mal de crâne carabiné.

– Lentilles ou épinards ? Sérieux, ils auraient pu faire mieux ce soir ! se plaint Maxime avec une moue de dégoût face aux plats proposés au buffet.

– C'est bon pour la santé ! je me moque gentiment en lui servant une énorme portion d'épinards. Allez, Popeye, mange !

– Pouah, je te jure, ça me coupe l'appétit !

Anders, juste derrière nous, le taquine un peu plus et bande les muscles de ses biceps.

– Tu vois ça ? C'est les épinards !

– Bien sûr ! C'est les heures de muscu surtout, plaisante le jeune technicien.

Alors que nous sommes tous assis à table, Bandit fait le tour et quémande un peu de nourriture que chacun lui offre généreusement. Sauf Sophia qui le repousse fermement.

– File le clébard ! En plus tu pues, c'est une horreur !

Je bous intérieurement, mais n'ose rien dire. Ce qui n'est pas le cas d'Anders. Il se lève et attrape le chiot dans ses bras, le regard dur.

– Fais attention à ne pas t'étouffer Sophia.

– Avec quoi, rit-elle, c'est de la soupe de lentilles !

– Avec ta gentillesse.

Elle le regarde, choquée et terriblement mal à l'aise d'avoir été ainsi humiliée devant toute l'équipe. Anders retourne s'asseoir, tandis que la jeune star se lève et se dirige vers la sortie, en colère.

– La suite du tournage risque d'être tendue, se moque Maxime.

– Je ne la supporte plus !

– Vous êtes souvent ensemble en plus, je tente comme si de rien n'était.

– C'est sûr, elle me colle comme un chewing-gum à la chaussure.

Les propos d'Anders me surprennent. Ne sont-ils pas amants ? Il y a peut-être de l'eau dans le gaz entre eux. Une fois le repas terminé, il me prend à part pour m'informer de la demande du manager.

– On doit aller au restaurant demain soir. Les paparazzis sont prévenus.

On y est. C'est donc maintenant que tout se joue pour la carrière d'Anders. Et la mienne. Une soirée ensemble, des photos, des potins, d'autres rendez-vous et la certitude pour les médias et les fans que le jeune acteur s'est assagi et rangé avec une jeune femme du tournage, à savoir moi. Une attitude de lover, une histoire qui dure plus d'une nuit seront suffisantes pour casser son image d'homme à femmes. Je ressens tout à coup une pression énorme et cela ne lui échappe pas.

– Ce n'est qu'une soirée au resto !

– Avec des paparazzis qui vont me prendre en photo !

– On s'habitue.

Je n'en suis pas sûre, mais je ne dis rien. Ce qui m'angoisse par-dessus tout, c'est l'attitude que nous devrons adopter.

– On fera comment ? je lui demande intimidée.

– On prendra une fourchette, un couteau et on mangera ce qui se trouve dans notre assiette, tout en souriant aux photographes.

– Très drôle ! Tu sais de quoi je veux parler…

– Non, dis-moi.

Son sourire le trahit. Il sait pertinemment de quoi je veux parler, mais il a décidé de jouer avec moi. Et ça marche.

– Tu sais… entre nous !

– Oh, tu veux savoir si je vais devoir t'embrasser ?

Le rouge me monte aux joues et un feu incandescent s'empare de moi au souvenir de notre baiser. Pourvu qu'il ne se rende compte de rien.

– Tu es toute rouge, tu te sens bien ? se moque-t-il ouvertement.

Je baisse les yeux, Anders m'intimide comme aucun homme avant ne l'avait fait.

Il attrape mon menton et le soulève me forçant ainsi à plonger mon regard dans le sien. Son regard hypnotique. Celui qui me fait autant d'effet qu'une aurore boréale.

– Je crois qu'on devra se tenir la main et s'embrasser au moins une fois, oui. Tu penses supporter ça ?

Je me souviens lui avoir dit que je n'avais aucune envie de l'embrasser. La vérité est tout autre. Pourtant, comme je ne dois rien laisser paraître, je lance :

– Bien sûr, il le faut ! Pour le contrat.

Anders change radicalement d'attitude. Il se ferme sans que j'en comprenne la raison.

– Pour le contrat. Bonne nuit Léah.

Il n'attend pas que je lui réponde et part en direction de sa chambre, me laissant seule au beau milieu de la nuit.

12 DÉCEMBRE

– Léah, tu m’écoutes ?

Élisa me parle depuis maintenant presque une heure. Deux entretiens d’embauche. Mon appartement qui a fini sous l’eau à la suite d’une fuite du robinet. La rencontre avec le voisin charmant et serviable qui a volé à son secours. Elle me récapitule des jours d’amitié ratés en raison de mon absence.

– Je t’écoute bien sûr !

C’est pas joli de mentir à sa meilleure amie, mais c’est toujours mieux que de s’attirer ses foudres. Depuis que l’heure de mon rendez-vous approche, j’ai un peu de mal à me concentrer sur ce qu’elle me dit. Le trac accapare mon esprit et je commence à tourner en rond dans la chambre.

– Bon, il se passe quoi ?

– Rien !

Inutile de lui mentir, elle lit en moi comme dans un livre ouvert. Le problème, c'est que j'ai le choix entre deux options pourries. Ne rien lui dire du tout ou faire un arrangement avec la vérité. J'opte pour cette solution.

– Je dîne avec Anders Korhonen ce soir.

– Quoi ? C'est pas vrai !

J'ai perdu deux décibels et je suis bonne pour un rendez-vous chez l'ORL à mon retour. Elle frise l'hystérie.

– Mais raconte ! Bordel !

– Rien de plus. On mange ensemble ce soir, c'est tout. Il ne se passe rien entre lui et moi.

Et c'est vrai.

– Donc ce n'est plus le type odieux, prétentieux et insupportable ?

– Disons que j'ai appris à le connaître. Il n'est pas celui qu'il laisse paraître au premier abord.

– C'est un chic type alors ?

– Je n'irais pas jusque là. En amitié, peut-être. Mais c'est un enfoiré avec les femmes. Il les utilise comme de vulgaires kleenex.

– C'est Anders Korhonen bon sang ! Laisse-le se servir de toi comme d'un kleenex ! Et tu n'as qu'à faire pareil, mouche-toi !

Parfois, ça fait du bien de se dégager les sinus ! Surtout que je te sens un peu prise !

Je n'ai même pas envie de réfléchir à son double sens.

– Ce n'est pas mon genre d'agir ainsi. De toute façon, la priorité, c'est mon avenir professionnel.

– Tu ne voudrais pas échanger de place avec moi ? Je t'en supplie, dis oui et je débarque en Finlande en moins de temps qu'il n'en faut pour le dire !

On éclate de rire comme deux gamines. Elle me fait promettre de la rappeler pour tout lui raconter. Je promets, tout en sachant pertinemment que rien de ce que je pourrai lui dire sur cette soirée ne sera vrai.

Anders m'attend devant la porte de ma chambre, les yeux perdus dans l'infini du ciel de Finlande. Quand son regard se pose sur moi, je crois y déceler une lueur d'admiration.

– Tu es très jolie.

Un compliment de la part de « Monsieur je ne suis pas sympa avec les filles », ça change !

– Je dois être prête pour les paparazzis, je lui dis en riant.

Derrière mon apparente bonne humeur se cache une réelle angoisse. Anders le remarque.

– Tu m'as l'air nerveuse.

– Je suis assez mal à l'aise avec l'idée de devoir jouer la comédie devant un public.

– C'est simple, ne t'inquiète pas.

– Tu es acteur ! Normal que cela te paraisse simple. C'est ton métier, mais pas le mien. Je n'ai jamais su jouer un rôle.

– Je comprends. Si tu me demandais de te maquiller, tu finirais avec la tête de Bozo le clown.

On rit de bon cœur tous les deux, ce qui a l'avantage de détendre l'atmosphère quelques minutes. Durant le trajet, il me jette quelques regards inquiets et je lui souris pour faire bonne figure. Je suis littéralement terrorisée. Je ne sais pas vraiment pour quelle raison exactement. La présence des paparazzis ? Le fait de devoir me rapprocher d'Anders ? La pression monte d'un cran lorsque le taxi s'arrête devant le restaurant, un quatre étoiles dont la réputation n'est plus à faire.

– Tu es prête ? demande-t-il en tendant une main vers moi pour m'aider à sortir.

– Pas vraiment, mais quand il faut y aller…

Changement radical d'attitude. Celui qui m'avait laissé en plan dans la neige avec mes bagages se transforme en Prince charmant on ne peut plus galant. Pas de doute, c'est un excellent acteur. Une fois attablés, il me tend même la carte pour que je choisisse. Lorsque sa main se pose sur la mienne, j'ai un mouvement de surprise.

– Respire, tout va bien se passer. Ils sont déjà là.

Je tourne le visage en direction de la vitre et aperçois deux hommes en train de nous photographier. Souris, Léah, souris. Ou pas. Je ne sais pas du tout quelle attitude adopter.

– Comment dois-je me comporter ?

– Normalement, comme s'ils n'étaient pas là.

Le problème, c'est que sans la présence des paparazzis, nous ne serions même pas ensemble, dans ce restaurant. Comment agir naturellement lorsqu'on sait que tout est faux ? Je mets toutes ces idées de côté et applique son conseil. Profiter du moment, peu importe qu'il soit vrai ou pas.

– Tu prends quoi ? me demande-t-il, la carte entre les mains.

– Hum…

Je reste une bonne dizaine de minutes les yeux rivés sur le menu, bavant devant des mets qui semblent tous succulents.

– Je vais me laisser tenter par le hareng des lacs sauce chanterelle, je finis par lui répondre.

– La même chose pour moi ! Tu aimes ce plat ?

– En fait, je ne connais pas.

– C'est un de mes plats préférés. Tu verras, c'est très bon.

Anders passe sa main sur la mienne, la caresse avec son pouce. Son contact m'électrise et je cherche à ne rien laisser paraître. N'oublie pas que c'est du fake, Léah. J'ai beau le savoir, je m'enflamme dès qu'il me touche. Que dire de son sourire ? Anders Korhonen a un sourire à faire fondre tous les glaciers de Finlande.

La soirée avance et je finis par oublier la présence des journalistes. Je ne pense plus qu'à ce moment que nous partageons, un moment agréable et durant lequel je découvre un homme plein de qualités.

– Tu plaisantes ? je ris à gorge déployée.

– Non, le type était vraiment nu avec une simple pancarte. Je crois que Marie a failli faire une syncope. Je ne l'ai jamais vu aussi rouge !

– J'aurais voulu voir ça. J'aime beaucoup Marie.

– Elle est adorable. Ils sont un peu comme une famille pour moi.

– Ce ne doit pas être simple de toujours voyager.

– Non… parfois, j'aimerais bien ralentir.

– Je crois que ton manager n'est pas d'accord avec ça !

– Non, en effet, rie-t-il à nouveau. Mais moi, j'y pense.

– Tu veux prendre le temps de vivre ?

Je vois qu'il hésite un instant avant de me répondre. Il tapote son verre avec le bout de son couteau, regarde autour de lui avant de me répondre.

– Je veux du vrai. Je veux créer du lien, pas juste du superficiel. C'est compliqué quand tu passes ton temps dans un jet et sur un plateau de tournage.

Je le comprends. Il a passé la moitié de sa vie ainsi. Je sais qu'il n'a plus de contact avec sa famille, a-t-il seulement des amis sincères ?

– Tu veux un dernier café ?

– Oh non ! Je risque de ne plus dormir pendant des jours.

– On va y aller alors.

Anders hèle le serveur, lui dit de mettre notre repas sur la note de la société de tournage et attrape ma main pour partir.

– Je préfère te prévenir, il faudrait qu'on s'embrasse. Ils doivent croire qu'on est un couple.

Douche froide. Retour à la réalité. Il me parle de vrai, mais rien ne l'est dans sa vie. Pas même cette soirée.

– D'accord, on est là pour ça, après tout ! je lâche, amère.

– Ouais, on est là pour ça.

Il fait un pas vers moi, pose une main sur ma nuque, l'autre dans le creux de mes reins. Alors que je m'attends à un baiser rapide, ses lèvres se pressent contre les miennes, me goûtent, me cherchent durant de longues secondes avec une douceur infinie. Ses paupières sont closes et je finis par fermer les yeux à mon tour, savourant chaque instant de ce moment. Il m'entraîne hors du monde, loin de ce restaurant, de ces paparazzis et de ces faux semblants. Son baiser a le goût du café, mais il a surtout le goût de la vérité.

Il soupire et s'éloigne de moi avant de m'entraîner vers la sortie. Une fois dehors, il me demande :

– Pas trop dérangée par ce baiser, cette fois ?

Je secoue la tête, ne sachant pas quoi lui répondre. Je dois me ressaisir, rien n'est vrai. C'est juste un bon acteur ! Il embrasse des femmes à longueur de temps. Sur les plateaux de tournage. Dans la vraie vie. Et il se contrefiche d'elles. Je ne suis en rien différente. Je dois m'obliger à ressasser cette vérité pour ne pas l'oublier. Anders Korhonen joue un rôle. Je me sens déçue et triste rien qu'à cette idée. Je me ferme en un instant et nous faisons le trajet du retour en silence.

– Qu'est-ce qui ne va pas ?

– Rien, la soirée est finie. J'espère avoir été à la hauteur de tes attentes.

Je me déteste de dire ça. C'est pourtant notre réalité. Un rendez-vous arrangé par un manager pour redorer l'image de son acteur vedette. Anders ne répond même pas et se tourne vers la fenêtre. Les paparazzis sont loin, il redevient froid et arrogant. La preuve que cette soirée ne représente rien pour lui. Arrivés devant le complexe, je n'attends même pas qu'il sorte du véhicule et pars rapidement vers ma chambre.

13 DÉCEMBRE

Je me réveille avec une grosse douleur à la tête. Le rhume s'est intensifié et je me demande comment je vais pouvoir travailler. Je pose mon visage contre le pelage de Bandit avec l'envie folle de rester cloîtrée toute la journée. Le chiot ne semble pas d'accord, il saute du lit et jappe devant la porte. Une envie pressante, peut-être ? Je m'habille à la hâte et balade un peu avec lui avant de me diriger vers le plateau de tournage. La tension est à son comble lorsque j'entre dans la loge d'Anders. Je me dois de rester professionnelle et je décide de rompre la glace la première.

– Bonjour, désolée pour hier soir, je ne me sentais pas bien.

Il semble surpris, me fixe un instant de ses prunelles vertes.

– Tu es malade ?

– Je crois que j'ai un rhume, rien de grave.

– Tu as pris quelque chose ?

Je lui fais signe que non de la tête et je le vois farfouiller dans le tiroir de sa loge.

– Tiens, prends ça.

J'attrape les médicaments qu'il me tend et le remercie. Il redevient sympa hors caméra ?

– Où est Bandit ?

– Marie lui donne sa pâtée du matin.

Je termine son maquillage avec difficulté. J'éternue, me mouche à plusieurs reprises.

– Tu devrais rentrer te reposer.

– Impossible, qui fera les retouches ?

– On se débrouillera sans toi pour une fois. Rentre. Je m'occupe de prévenir l'équipe.

– Tu gardes Bandit jusqu'à ce soir ? Il ne voudra pas rester enfermé toute une journée.

– D'accord, je te le ramène à la fin du tournage.

Je pars sans demander mon reste. Je me sens exténuée. Je suis à peine allongée sur mon lit que je m'endors.

Je me prélasse, à l'ombre d'un grand chêne. Tout est calme quand, soudain, quelqu'un frappe contre l'arbre. Une fois, deux fois. Le silence revient. Puis les coups reprennent. Un bûcheron cherche à abattre mon chêne.

Je me réveille en sursaut, consciente que le bûcheron n'est rien d'autre qu'une personne qui frappe à la porte. Je me lève pour ouvrir avec lenteur, l'esprit encore embrumé. Personne, je suis arrivée trop tard. En penchant la tête, j'ai à peine le temps d'apercevoir la carrure d'Anders s'éloigner et tourner en direction de la salle à manger. Je n'ai même pas la force de crier pour l'appeler. Je vais pour refermer la porte quand je vois un gros bol de soupe posé dans la neige. Alors ça ! Ce type est un mystère. J'ai vraiment du mal à savoir quels sont les véritables sentiments d'Anders à mon égard. Un jour il est aux petits soins et le lendemain, affable.

Je bois ma soupe chaude puis je décide de me reposer encore un peu. Il est plus de quatre heures quand je vais prendre ma douche. J'enfile mon pyjama et me glisse sous les draps pour contempler le ciel à travers le plafond vitré. Une aurore boréale emplit soudain le ciel, lui donne cette teinte presque irréelle. Je pense un instant à filmer, mais y renonce, ne voulant pas rater une miette de ce spectacle ni même le voir à travers le filtre de la caméra. Mon cerveau enregistre chaque seconde de ce moment magique. Les lumières s'atténuent peu à peu jusqu'à disparaître totalement.

– Léah ?

Je bondis hors du lit en un instant. Anders. Je reconnais sa voix. Lorsque j'ouvre la porte, il me fait face, un sourire plaqué sur ses lèvres.

– Joli pyjama !

Machinalement, je regarde ma tenue : un ensemble en velours rose avec des licornes.

– Tu vas mieux ?

– Oui, beaucoup. Merci.

Il tient le husky, devenu la mascotte du tournage, serré contre lui dans ses bras.

– Je te ramène Bandit. Et un repas.

Il secoue un sachet devant mes yeux et je n'hésite pas plus longtemps.

– Tu veux entrer ?

– J'ai déjà mangé.

– J'ai un thermos de chocolat chaud et des biscuits. Allez, viens.

Je vois qu'il hésite, mais il se décide et fait un pas vers moi.

– Merci pour la soupe de ce midi.

On s'assoit sur le lit, le choix étant limité dans ce petit espace, et cette intimité soudaine nous met tous les deux mal à l'aise.

– Je n'allais pas te laisser mourir de faim.

Il vide le contenu du sachet pour que je puisse me servir. Alors que je pensais ne pas avoir faim, je dévore le plat de gratin de macaronis finlandais en quelques minutes à peine.

– Hum, c'est délicieux, je lui précise la bouche pleine, ce qui le fait rire.

– Si tu ne me l'avais pas dit, je n'aurais pas pu le deviner !

Je verse du chocolat au lait dans deux tasses et lui en offre une. Rien de tel pour se réchauffer, même si la présence d'Anders suffit à elle seule à faire augmenter la température de la pièce. Elle prend encore plusieurs degrés lorsque son regard d'aurore boréale se pose sur moi.

– Il fait une chaleur dans cette chambre ! lui dis-je en me levant comme un ressort et en m'éventant avec la main.

– Ah bon ? Je ne trouve pas.

Comment dire ?

– Tu as peut-être de la fièvre ? semble-t-il s'inquiéter.

Il me rejoint d'un pas et glisse sa main sur mon front. Alerte, surchauffe ! Si ma température n'est pas de quarante-deux degrés, je n'y comprends plus rien ! Je suis en pleine combustion, le corps et l'esprit en feu et sa proximité n'arrangent rien. Bon sang Léah ! Ressaisis-toi ! C'est Anders Korhonen, le serial lover avec qui tu as un contrat pour redorer sa réputation !

– Il est temps que je me couche ! Je ne me sens pas bien !

Je vois qu'il est perturbé par mon changement d'attitude, mais je n'ai pas le choix. Je dois me protéger.

– Bien, je comprends. Repose-toi.

Je l'accompagne jusqu'à la porte et Bandit en profite pour se faufiler et sortir jouer dans la poudreuse. Un courant d'air glacial me fait frissonner et Anders tend les bras vers moi pour m'attirer contre lui. Je reste un instant bouche bée, surprise par son initiative. Ses bras m'enserrent et je me retrouve tout contre son torse. Mon cœur tambourine dans ma poitrine, mon sang pulse dans mes veines et je ne vois plus que ses lèvres qui viennent, doucement, presque au ralenti, se poser sur les miennes. Mon esprit ne semble plus fonctionner, je reste focalisée sur cette bouche qui me dévore, et la seule chose qui me passe par la tête, c'est que son baiser a le goût du chocolat au lait et non plus du café.

– Sale chien ! Lâche cette écharpe !

Les hurlements de Sophia Lens m'arrachent brutalement à cette bulle de douceur dans laquelle je me suis laissée emporter. Anders part dans sa direction, attrape Bandit et foudroie la jeune femme du regard. De mon côté, je ne réagis pas. Que vient-il de se passer réellement ? Ce baiser était-il sincère ou avait-il déjà vu la présence de l'actrice ? Lorsqu'il revient vers moi, je récupère Bandit, glisse un faible au revoir et m'engouffre dans ma chambre sans un autre regard pour lui. La porte claque et je m'y adosse, perdue, confuse. Je me laisse glisser au sol, le visage entre les mains et les larmes au bord des yeux.

J'ai bien peur de ne pas être prête pour le jeu auquel il semble être en train de jouer.

14 DÉCEMBRE

Quelle nuit ! Impossible de fermer l'œil. Entre mon rhume, la scène du baiser que je me repasse en boucle et les questions qui me taraudent, je n'ai pas pu trouver le sommeil. Anders est à nouveau froid et je commence à en avoir ras le bol de ses sautes d'humeur. Renfrognée, je passe la journée dans mon coin, sans parler, à part avec Bandit, dont la conversation, il faut avouer, est assez limitée. Je gratte l'arrière de l'oreille du chiot quand je sens qu'on me regarde. Anders vient de finir sa scène et il approche vers moi d'un pas assuré. Son pull de Noël quelque peu ridicule ne lui enlève pourtant rien de son sex appeal. Il dégage de lui une assurance certaine qui lui donne un côté inaccessible qui doit rendre hystériques toutes les femmes. Moi y compris. Je repense au baiser de la veille et mon ventre se tord. Pauvre de moi, je suis perdue.

– Comment ça va, Bandit !

Génial ! Ce n'est même pas moi qu'il vient voir, mais le chien. Quelqu'un a-t-il vu ma fierté ? Au moins, je suis rassurée, je ne suis pas la seule folle à parler à un chien…

– Bandit va très bien ! Et nous allions justement partir !

Alors que je me lève pour m'en aller, le chiot aboie comme un fou en remuant la queue, la tête tournée vers Anders. Le traître !

– Tu veux un câlin ? C'est ça ! lui demande-t-il en lui ébouriffant les poils.

Bandit ne pourrait pas être plus heureux et cherche à sauter dans les bras de l'acteur. Même le chien m'abandonne. Quelle journée pourrie !

– Tiens, annoncé-je en lui laissant le chien. Tu n'auras qu'à le ramener plus tard.

Ambiance Groenland entre nous.

Je rumine comme une vache, seule dans ma chambre. Quand on toque à la porte, je soupire. Je n'ai pas envie de le voir. C'est trop difficile. Il ne me parle pratiquement pas et agit comme si j'étais invisible. Quel idiot ! Il m'embrasse la veille, puis ne me parle plus le lendemain… J'ouvre la porte et tombe nez à nez avec Sophia Lens. Le pire du pire !

– Je peux entrer ?

– Euh…

Apparemment, c'était rhétorique vu qu'elle n'attend pas ma réponse et se dirige d'un pas léger vers mon lit sur lequel elle s'assoit. Fais comme chez toi, ne te gêne surtout pas !

– Tu sais pourquoi je suis là ?

– Pas du tout !

Elle sourit, d'un sourire froid et calculateur. Brrr, j'en aurai presque la chair de poule. Cette fille me fait flipper. On dirait Carrie, dans le film du même nom.

– Voyons ! C'est au sujet d'Anders. J'ai d'abord été sympa, je t'ai prévenu que ce n'était pas un homme pour toi. Visiblement, tu n'écoutes pas. Alors, je vais être plus claire. Ne t'approche plus de lui.

Quelle blague ! Pour qui elle se prend, cette garce ? Je dois jouer le jeu. Tout le monde doit croire qu'il se passe quelque chose entre nous deux. Je devine même que je vais y prendre un malin plaisir !

– Tant d'intérêt pour ma petite personne, ça me touche. Mais je suis assez grande pour savoir ce que je fais !

– Oh, ce n'est pas pour toi ! Anders est à moi, tu marches sur mes plates-bandes. Tu es sûre de vouloir te confronter à moi ? Tu es loin, très loin d'être à la hauteur, chérie.

Cette fois c'est sûr, je la déteste. Cette femme ne sait pas à qui elle a à faire ! Ne me dis pas que je ne peux pas, tu es sûre que je vais tout faire pour.

– Alors que la meilleure gagne !

Elle est sidérée. Ses grands yeux de biche me fixent un long moment, puis elle éclate de rire.

– Tu vas le regretter, crois-moi ! lâche-t-elle en quittant la pièce.

Je laisse sortir ma colère et tape le poing sur le lit. Je sens que le rouge me monte aux joues et je respire pour essayer de me calmer. Cette femme est horrible ! Qu'est-ce qui m'a pris de la défier ? Je ne sais même pas ce qu'il se passe réellement entre eux ! Par-dessus tout, je crains qu'elle ne me fasse perdre mon job. Lorsque j'entends de nouveau qu'on toque, je me lève comme une furie, prête à lui dire ses quatre vérités. Hors de question de me laisser malmener par une folle ! J'ouvre violemment la porte et alors que je vais pour m'énerver, je trouve Anders sur le pas de la porte, Bandit dans les bras.

– Un problème ? me demande-t-il, surpris par mon attitude.

– Si je n'en avais qu'un… laisse tomber ! Merci d'avoir ramené Bandit, murmuré-je en attrapant le chiot et en refermant la porte derrière moi.

La situation est en train de dégénérer. Un rendez-vous avec le manager s'impose.

15 DÉCEMBRE

– Je ne veux pas de problèmes, vous comprenez. Je tiens à ma place.

Face à moi, le manager d'Anders remonte ses manches, dévoilant des bras flasques. Le quinquagénaire soupire, attrape son stylo et se met enfin à parler, après m'avoir laissé exposer mon problème pendant dix bonnes minutes. J'ai tout déballé. Les difficultés rencontrées avec Anders, la mauvaise ambiance sur le plateau à cause de cette situation et par-dessus tout, les menaces de Sophia Lens.

– Je peux vous assurer que vous ne risquez rien. Vous ne perdrez votre poste en aucun cas.

– Et si Madame Lens se plaint ?

– Je sais bien à qui j'ai affaire. Personne n'a quoi que ce soit à dire sur la qualité de votre travail. Ni sur vous.

– Comment dois-je réagir ? Nous pourrions peut-être la mettre dans la confidence pour la calmer ?

– Surtout pas ! Elle n'est pas fiable ! Elle pourrait tout balancer dans les journaux. D'autant plus qu'elle fait une crise de jalousie qui n'a pas lieu d'être.

Je ne sais pas comment je dois interpréter cette phrase. Je pense un instant lui demander s'il sait ce qu'il y a entre eux, puis me ravise. Ce ne sont pas mes affaires. On me demande juste de jouer le rôle de la petite amie d'Anders, point barre. Pas de me mêler de sa vie privée. Qui suis-je pour le faire en plus ? Le manager reprend sur un ton qui se veut rassurant.

– C'est l'affaire de quelques jours. Encore une ou deux apparitions publiques puis le dîner de charité de Noël et vous serez tranquilles, tous les deux.

Anders se serait-il plaint lui aussi de cette situation ?

– J'ai conscience que ce n'est pas facile à vivre pour vous deux, mais au final, chacun y trouve son compte. Dans dix jours, ce ne sera qu'un mauvais souvenir.

Un mauvais souvenir ? Je me demande bien ce qu'Anders lui a dit. N'y tenant plus, je demande :

– Il vous en a parlé ?

– Oui, il n'en peut plus. Je ne sais pas si je dois vous le dire... c'est difficile pour lui de faire semblant.

Wahou. Les mots font mal. Faire semblant d'être avec moi est apparemment bien compliqué pour Anders. Je remercie le manager et quitte le bureau, déçue. Je me suis bien trompée sur lui. Il n'apprécie même pas ma présence...

Je prends mon déjeuner avec Maxime et d'autres gars de l'équipe, dont Harry. Ce dernier semble intéressé par ma petite personne et n'a de cesse de me le faire comprendre. Le problème, c'est que je ne pense qu'à Anders et aux propos blessants du manager. Impossible de digérer l'info, elle ne passe pas. Pire qu'une arête de poisson en travers de la gorge.

– Sinon, tu as quelqu'un dans la vie ?

Et zut ! La question qu'il ne fallait pas me poser. Malgré moi, je lève les yeux en direction d'Anders. Sophia Lens minaude à ses côtés et j'ai envie de leur envoyer un verre dans la tête. Calme-toi, respire Léah. Ils n'en valent pas la peine, ni elle ni lui. Heureusement pour moi, c'est Maxime qui répond à ma place.

– Elle est avec Anders.

– Alors c'est vrai ce qu'on raconte !

– Apparemment...

Le jeune technicien continue sa drague, même pas peur de la réaction d'Anders. En même temps, tout le monde peut voir qu'il est bien trop occupé avec Sophia pour se soucier de moi. Je passe pour une idiote et je déteste ça ! Ils doivent tous se dire qu'il se fiche de moi. Ne parlons pas de Sophia qui doit jubiler. Sans réfléchir, je me rapproche du dénommé Harry et pose mon bras autour de son cou. Ce n'est pas mon genre d'agir ainsi, mais j'ai envie que tout le monde sache que moi aussi, je fais ce que je veux !

– Euh, je ne veux pas d'histoire. Et vu la gueule que tire ton mec…

Lorsque je relève la tête, je croise le regard furibond d'Anders. Je soupire, lasse de toutes ces histoires. Je quitte la salle à manger dans le but d'aller me terrer dans ma chambre, mais Anders me rattrape et m'interpelle.

– Oh ne t'inquiète pas ! Notre mascarade n'est pas compromise. Tout le monde pense que nous sommes ensemble.

– Alors si tout le monde le croit, il n'y a pas de problème !

– Non, aucun.

Il secoue la tête, un air bizarre sur le visage. Je ne tiens plus et lui lance, en haussant les épaules :

– Tu es bien avec Sophia, toi !

– Avec Sophia ?

Qu'est-ce qu'il ne comprend pas dans ma phrase pourtant très claire ?

– Ce n'est pas parce que j'ai passé quelques nuits avec elle, que je suis avec elle.

– Oui, on sait tous comment tu fonctionnes.

– Tu ne sais rien, absolument rien de moi.

Il semble blessé ou en colère. Peut-être les deux. Il tourne les talons et me laisse seule dans le couloir. Je me sens complètement perdue. Je n'ai qu'une envie : en finir avec Anders Korhonen et cette mascarade.

16 DÉCEMBRE

– Ce soir ?

– Oui. Je sais que tu n'en as pas envie…

– J'ai signé un contrat. J'irai au bout, lancé-je froidement.

– Dans ce cas, je passe te chercher à dix-huit heures.

Maudit contrat ! Passer la soirée avec lui en sachant qu'il n'aime pas être avec moi ne m'enchante guère. Espérons au moins que les sculptures sur glace sauront me divertir. J'ai juste le temps de prendre une douche qu'il est déjà l'heure de me préparer. Nous passerons la soirée dehors, il faut donc bien se couvrir. La température est bien en dessous de zéro. Je prévois la totale : mes sous-vêtements techniques, un jean en molleton, polaires, écharpe et bottes rembourrées. Le bonhomme Michelin, version cheveux longs. Anders est ponctuel comme une horloge suisse et débarque chez moi à dix-huit heures pile. Au moment où l'on s'en va, j'aperçois Sophia Lens droite comme un piquet devant l'entrée du complexe, à quelques mètres de nous. Ses yeux me jettent des éclairs.

– Si on retrouve mon corps au fin fond d'un fossé, faudra pas s'étonner ! lancé-je en plaisantant à moitié.

– Pourquoi ?

– Tu as vu sa façon de me regarder ?

Il hausse les épaules, peu conscient de ce qu'il se joue dans l'esprit de la starlette.

– Elle me déteste.

– Mais non ! C'est sa façon d'être…

Je décide de lui dire la vérité. Après tout, pourquoi pas ?

– Elle est venue me parler à plusieurs reprises. Elle ne veut plus qu'on se voie.

– En quel honneur ? rit-il.

– Tu es avec elle et de toute façon je ne fais pas le poids contre elle.

– Avec elle ? Il ne se passe rien entre nous. J'ai fait l'erreur de passer une nuit ou deux avec elle en début de tournage. Depuis, elle court après moi !

– Elle ne voit pas ça comme ça…

– Et pourtant ! Cette fille est prétentieuse, odieuse et superficielle. Je l'ai vite compris ! Je pensais qu'elle me foutrait la paix après, mais faut croire que non !

Il prend un instant pour réfléchir, ses yeux posés vers le lointain. Il semble hésiter, puis poursuit :

– Elle se trompe. Sur nous, sur toi. Tu vaux bien mieux qu'elle…

Ses mots me percutent. Six petits mots de rien du tout, mais qui veulent dire tant de choses. Pourquoi fait-il cela ? Je sais qu'il ment…

– Qu'importe, entre nous, ce n'est qu'un contrat.

– Je ne peux pas l'oublier ! Tu n'as de cesse de le répéter.

C'est pour ne pas l'oublier moi. Pour ne pas croire que ce que nous vivons est vrai. Nous ne parlons plus tout le reste du trajet. Une fois arrivés, il me lance :

– On va devoir se forcer un peu, niveau sourire.

J'imagine que les paparazzis sont déjà là, informés par un soi-disant appel anonyme de la présence d'Anders Korhonen. Au moment où je sors, j'affiche mon plus beau sourire. Totalement faux, comme tout le reste.

Les sculptures sont un régal pour les yeux, au moins ça ! Anders semble lui aussi fasciné et ressemble à un enfant devant ses cadeaux le matin de Noël.

– Regarde celle-ci ! s'exclame-t-il, totalement sous le charme de la création de glace. Ils sont drôlement forts pour arriver à faire cela ! De vrais artistes ! Pas comme nous, les acteurs !

Oh, crois-moi, tu as un vrai don pour jouer la comédie. En l'espace d'une demi-heure, il arrive à me faire oublier que cette soirée est placée sous le signe du mensonge. Je me prends au jeu, riant sincèrement à ses plaisanteries et le suivant dans la découverte des sculptures. Il semble tellement sincère ! Comment admettre qu'en réalité il ne supporte pas ma présence et que jouer la comédie est pour lui un supplice ? Elle l'est pour moi aussi, mais pas pour les mêmes raisons. Je découvre une personne attachante, lorsqu'il arrête de se donner des airs hautains. Une personne curieuse, drôle et qui a envie de profiter de la vie à fond. Anders Korhonen me déstabilise. Et malheureusement pour moi, je commence sincèrement à m'attacher à celui qui se cache derrière cette apparente froideur.

– Tu veux un chocolat chaud ?

– Merci ! Il fait tellement froid !

Une fois à l'intérieur, je lève mon bonnet et mes gants. Je l'attends debout au comptoir, tandis qu'il commande nos boissons.

– Tiens !

Ses longs doigts effleurent les miens, et instantanément, mon corps réagit. Mon ventre se contracte et une douce chaleur se diffuse dans mon corps. Je croise son regard, un peu perdu. J'ai le sentiment qu'une force invisible me pousse vers lui, une connexion inexplicable où la raison n'a plus sa place. Je ne recule pas lorsque sa main caresse ma joue, ni lorsque sa bouche explore mon cou avec une lenteur presque douloureuse, ni même lorsqu'elle s'empare de la mienne pour m'emporter dans un tourbillon d'extase. Je ressens le manque de lui à la seconde où il met fin à ce baiser. Son front plaqué contre le mien, il pousse un long soupir, frotte son nez contre le mien et recule, un sourire triste collé aux lèvres.

– Finissons ce chocolat, je vais te raccompagner, murmure-t-il les yeux sur sa tasse.

– Déjà ?

– Oui, c'est mieux pour tout le monde.

Si je comprends bien, il a eu son baiser, sa photo et il me raccompagne. Je me suis encore laissée avoir, ce que j'ai ressenti n'était pas partagé ? Cette alchimie entre nous peut-elle être fausse ?

Je passe le reste de la soirée les yeux rivés vers le ciel, fixant les étoiles et contemplant le spectacle des aurores boréales. Jamais je n'aurais cru en arriver là. Perdue, triste et contre toute attente… en train de tomber amoureuse d'un homme qui ne veut pas de moi.

17 DÉCEMBRE

La sonnerie de mon portable me tire d'une nuit sans rêve. J'attrape le smartphone posé sur la table de nuit. Élisa. En appel visio.

– Non, mais tu te fous de moi ! Tu comptais me le dire quand ? crie-t-elle visiblement plus énervée que contrariée.

– De quoi tu parles ?

– De ça !

Elle place devant la caméra la couverture d'un magazine people que je connais bien pour l'acheter régulièrement. Je plisse les yeux, pas très certaine de bien y voir. Pourtant, si ! Anders et moi faisons la une ! Une énorme photo de nous est en première page. Et pas n'importe laquelle. Une photo où nous nous embrassons, le soir du restaurant. Exactement comme prévu. Sauf que je n'avais pas prévu Élisa.

– Bah merde alors !

– Comme tu dis ! Tu sors avec Anders Korhonen et tu ne me dis rien !

Son ton s'est légèrement adouci, elle sautille sur place comme une petite fille devant sa glace.

– Raconte-moi ! hurle-t-elle presque.

Comment lui parler de cette soirée et du reste sans lui dire que tout n'est qu'une vaste comédie ? Je cherche mes mots, tandis qu'elle débite les siens à une allure folle. J'ai presque peur qu'elle manque d'air.

– Il embrasse bien ? Tu avais des papillons dans le ventre ? Je suis sûre que tu t'emballes déjà !

Divinement bien. Tout plein. Bien trop…

– Ne va pas t'imaginer des choses Élisa. C'est un homme à femmes, je te l'ai déjà dit. C'était juste comme ça.

– Ce n'est pas ce qui est écrit en tout cas

Elle me fait la lecture de l'article, citant uniquement les passages les plus importants.

« Anders Korhonen en couple, vu avec la même femme à plusieurs reprises, est-ce sérieux ? Tout porte à le croire. «

– Tu connais les magazines people ! Ils inventent !

– Mouais… il n'empêche qu'Anders Korhonen n'a jamais été vu avec aucune fille à part toi. Tu entends ! JA-MAIS !

– Comment ça ? je lui demande, pas très sûre de bien comprendre.

– C'est pourtant clair. Ce type est un coureur, tu le sais. Il n'emmène jamais une de ses conquêtes à l'extérieur de sa chambre si tu préfères.

– Oh…

Oui, mais nous, c'est un contrat.

– Et d'ailleurs, sa chambre…

– Élisa ! je la coupe immédiatement avant qu'elle ne me pose des questions auxquelles je ne pourrai même pas répondre.

– Oh, t'es pas cool !

– Moi aussi je t'aime ! On se rappelle !

– T'as plutôt intérêt !

Je déteste devoir lui mentir. J'ai fait de mon mieux pour rester évasive en espérant qu'elle ne m'en veuille pas trop lorsqu'elle saura la vérité. La soirée d'hier soir et cet appel me font réagir. Je retrouve Anders pour la séance maquillage et alors que je termine la dernière touche, je lui montre la photo des tabloïds.

– Je sais. Mon manager me l'a fait parvenir.

– Je me disais qu'on pouvait arrêter. Vous avez ce que vous vouliez. Tu fais la une des journaux, ils pensent que tu t'es rangé, inutile d'aller plus loin.

Son visage se ferme un peu plus. Je ne comprends pas. Je ne le lâche pas, il a enfin ce qu'il voulait.

– Je ne suis pas sûr que cela suffise. Mais si tu n'en peux plus et que tu veux arrêter, je vais en parler avec le manager. Il te tiendra au courant lui-même.

La main sur la poignée, dos à moi, je l'entends me dire :

– J'imagine que tu veux aussi être sûre que tu auras ce qu'il t'a promis…

La porte claque et je me retrouve seule dans le silence de cette pièce. Sa phrase résonne en écho et je cherche à savoir ce qu'il voulait dire par là. Je secoue la tête, fatiguée, et quitte sa loge quelques minutes après lui. Retouche, maquillage, balade avec Bandit et repas en compagnie de l'équipe rythment ma journée. Le cœur lourd, je regarde jouer un Anders qui semble lui aussi bien morose entre deux prises. J'imagine qu'il doit se faire du souci pour sa carrière si nous n'allons pas au bout du contrat. Il ne reste plus que cette soirée caritative, il ne va pas en faire toute une histoire ! L'heure est venue de rentrer et je n'ai toujours aucune nouvelle du manager. J'ai pourtant vu Anders parler avec lui en début d'après-midi. Je pensais être convoquée, mais non. J'ai été distraite une bonne partie de la journée et je ne me suis pas vraiment souciée du chiot. Il n'y avait aucune scène avec lui aujourd'hui. Où peut-il bien être passé ? Alors que je fais le tour du complexe en appelant Bandit, mon portable m'indique l'arrivée d'un message. Le manager n'a pas pris la peine de me parler de vive voix. Le message est clair et concis :

« Je souhaiterais que nous allions au terme du contrat. La soirée caritative est un moment clé pour la réussite de ce projet. De plus, il est stipulé que si vous rompez cet accord, le nôtre sera caduc. »

Un projet ? C'est comme ça qu'il appelle ce contrat débile auquel je n'aurais jamais dû participer ? Je fourre mon smartphone au fond de la poche de mon manteau et continue de chercher Bandit.

– Vous n'auriez pas vu Bandit ? je demande au groupe de techniciens en train de ranger des accessoires.

– Non, désolé.

Plusieurs personnes me répondent la même chose et je commence à m'inquiéter. Je réalise que je vais devoir aller demander de l'aide à Anders, lui seul est aussi attaché que moi à ce chien. Je prends le chemin de son chalet, réalisant que ce sera la première fois que j'y vais.

La porte s'ouvre et Anders apparaît dans une tenue plus que légère. Son chalet est surchauffé ? Vêtu d'un simple jean, il est torse nu et mon regard est irrémédiablement attiré par la courbe de ses muscles. Je dois faire un effort pour me concentrer.

– Euh… Désolé de te déranger, Bandit à disparu.

– Comment ça ? Entre, il ne fait pas chaud dehors.

En même temps, il est à moitié nu…

– Je finis de m'habiller, assis toi.

– Non, ça ira. Tu l'as vu aujourd'hui ?

– J'avoue que j'avais la tête ailleurs.

– Moi aussi.

– Le manager t'a répondu ?

– Oui. Mais j'imagine que tu le sais déjà.

– Je sais juste ce qu'il en pense.

Je hausse les épaules, consciente de ce qu'il sous-entend.

– Ma priorité ce soir, c'est de retrouver Bandit.

– Maintenant que j'y pense, j'ai vu Sophia lui tourner autour en fin de journée.

– Tu ne crois quand même pas…

– Cette fille est prête à tout. Surtout que j'ai mis les points sur les I ce matin.

– Oh…

Je le suis jusqu'au chalet de l'actrice et le regarde cogner avec force contre la porte. Plusieurs coups. Elle ouvre, la bouche en chœur, une main sur les hanches. Puis, elle m'aperçoit. Elle ne fait rien pour cacher son dégoût et je m'en contrefous. Je pourrai l'étriper à mains nues si elle a fait le moindre mal à mon chien. Enfin, à celui de la prod. Anders n'y va pas par quatre chemins.

– Qu'as-tu fait de Bandit ?

– Qui ? feint-elle de ne pas savoir.

– Le chien ! on lui répond en chœur.

– Je t'ai vu essayer de l'attraper tout à l'heure ! Sur le coup, je me suis dit, tiens, elle devient humaine, mais maintenant, je comprends.

Elle nie et nous propose même de rentrer fouiller chez elle. Anders ne se gêne pas et appelle le chiot au cas où. Rien. Le sourire qu'elle plaque sur son visage me met hors de moi. C'est elle, c'est sûr ! Bandit ne s'éloigne jamais d'ici.

– Écoute Cruella ! Tu as intérêt à répondre et avouer sinon je vais pourrir ta petite vie de star ! je siffle entre mes dents, la rage au ventre.

Anders glisse discrètement un regard surpris vers moi. Quoi ? Je l'aime, ce chien ! Soudain, je l'entends lui dire.

– Oui, je m'occuperai de toi personnellement.

– Vous êtes fous tous les deux ! Vous allez bien ensemble ! Votre chien est loin à cette heure-ci !

– Garce ! Qu'as-tu fait ?

Elle croise les bras contre sa poitrine et se met à pleurer. Quelle comédienne !

– Vous étiez tellement méchants ! Et ce chien aussi ! Je l'ai emmené en voiture sur la nationale quatre.

– Non ! Tu es un monstre ! Viens Léah, on va le chercher. Léah !

Je suis sous le choc. Comment peut-on faire cela à un animal ? L'abandonner sur le bord de la route, surtout par ce temps ! Il est voué à une mort certaine ! Mes mains tremblent, les larmes menacent d'inonder mes joues.

– Léah, chuchote-t-il en s'approchant de moi. On va le retrouver.

Ses bras m'enserrent et il dépose un baiser affectueux sur mon front. Il attrape ma main et me guide vers l'extérieur. Je le suis, comme une automate. Il est presque minuit lorsqu'on avance dans la nuit, les phares éclairant une route désespérément vide.

18 DÉCEMBRE

– On ne le retrouvera jamais ! couiné-je en claquant des dents. Tu crois qu'il est allé aussi loin ?

– Elle l'a déposé par là… il est encore petit pour s'orienter, peut-être qu'il est parti dans le mauvais sens.

– Et s'il avait quitté la route ?

On décide de s'arrêter et de partir à sa recherche à pieds pour fouiller les abords de la route où Sophia Lens l'a laissé. Le froid s'insinue en moi, me donnant l'impression de me glacer jusqu'aux os. Je claque des dents, tremble. Un peu plus loin, une auberge se dresse devant nous.

– Allons nous réchauffer, ordonne Anders, tu vas mourir de froid.

Même si je ne veux pas abandonner mes recherches, je le suis, consciente de mes limites. L'auberge est fermée, mais un numéro de téléphone a été laissé sur la porte pour les arrivées tardives. Anders les appelle et moins de cinq minutes plus tard, l'aubergiste nous accueille avec un grand sourire. Personnellement, si tu me réveilles en pleine nuit avec une température extérieure de moins vingt degrés, tu peux t'accrocher pour que je te sourie. Lui, au contraire, nous fait rentrer et nous apporte même une tasse de thé chaude.

– Que faites-vous dehors par un temps pareil ? demande l'homme en nous donnant une couverture que l'on s'empresse de mettre autour de nous.

– Nous cherchons notre chien, lui répond Anders.

– Votre chien ? C'est rigolo, justement, nous avons trouvé un chien cet après-midi.

Je sens l'espoir renaître et regarde l'homme, dans l'attente de la suite.

– Il est comment, le vôtre ? demande Anders.

– Tout petit ! C'est un husky !

– Alors, c'est lui ! murmuré-je soulagée.

– On l'a retrouvé sur le bord de la route en rentrant. Il était congelé, un peu comme vous d'ailleurs. Il dort avec ma fille, je ne peux pas la réveiller à cette heure-ci. Il faudra attendre demain pour le récupérer.

– C'est parfait. L'essentiel c'est de le savoir en sécurité, ajoute Anders.

– Pas de soucis, avec ma fille, c'est un petit prince… Je n'ai qu'une chambre à vous proposer, ça fera l'affaire ?

Je ne réponds pas, laissant Anders le faire. Le plus embêté, ce sera lui. En bon acteur, il n'en laisse rien paraître et lui répond que c'est parfait.

– Vous devriez vous occuper de votre femme, il ne faudrait pas qu'elle se retrouve en hypothermie. Elle me semble assez confuse et apathique…

Il n'a peut-être pas tort. J'ai des frissons, je tremble et j'ai du mal à respirer. Mes doigts et mes jambes semblent congelés et ne veulent plus répondre à mes ordres. J'essaie de me lever, titube et atterris directement dans les bras de l'acteur.

– Je te tiens !

Il me soulève du sol comme si je n'étais qu'une plume, se dirige vers la chambre et ouvre la porte.

– Comment te sens-tu ?

– Je suis gelée, mais ça va, articulé-je péniblement.

Il m'allonge sur le lit et commence à retirer mes chaussures, puis mon jean.

– Tu fais quoi ? je lui demande, surprise.

– Ne t'inquiète pas, inutile d'imaginer quoi que ce soit. Je dois juste enlever tes habits qui sont glacés et humides.

Il fait glisser mon jean le long de mes jambes, puis mon collant technique. Pas vraiment glamour… pourtant, lorsque son regard se pose sur ma culotte, je me sens rougir. Ses doigts effleurent ma cuisse, provoquant en moi un tourbillon d'émotions. Je l'aide à enlever mes pulls et une fois en sous-vêtements, je grelotte encore plus. Sauf que je ne suis plus très sûre que ce soit de froid. Me retrouver ainsi, quasi nue, soumise à son regard empli de désir me déstabilise. À nouveau, je n'arrive plus à réfléchir. Mon cerveau dysfonctionne lorsque je suis avec lui. Je me tends lorsque je le vois faire passer son pull par-dessus sa tête et qu'il se déshabille entièrement.

– On est gelés, semble-t-il vouloir se justifier. La procédure en cas d'hypothermie légère, c'est celle-là.

J'arque un sourcil, étonnée de l'entendre parler de procédure et d'hypothermie alors que la température de mon corps devrait maintenant s'envoler.

– Se déshabiller, se couvrir et… se réchauffer entre nous, récite-t-il d'une voix rauque.

Je lâche un hoquet de stupeur. Ma respiration reste bloquée dans ma poitrine lorsqu'il pose un genou sur le lit, puis l'autre et qu'il colle son corps musclé contre le mien. Je retiens un gémissement entre plaisir et surprise et baisse les yeux, honteuse. J'ai beau être contre lui et sous un épais duvet, je continue de trembler comme une feuille. Il passe un bras derrière ma nuque et me rapproche de lui, à tel point que nos deux corps semblent ne faire plus qu'un. Alors que je me sentais faible l'instant d'avant, j'ai tout à coup le sentiment de reprendre vie. Je pose ma tête dans son cou, il sent bon. Une odeur à la fois exotique et piquante qui agit sur moi comme un philtre d'amour. Ma respiration s'accélère et je ferme les yeux, essayant de garder le contrôle sur mes émotions. Et c'est un joyeux bordel. Une voix m'ordonne de m'éloigner, l'autre de me coller plus près encore et de savourer chaque seconde de ce moment. Lorsque j'ouvre les yeux, son regard est ancré dans le mien. Il semble aussi confus que moi et cela m'interroge encore plus. Que se passe-t-il ? Je n'en ai pas la moindre idée. Je ressens juste cette intense attirance, cette chaleur entre nous et cette envie qui me dévore. Je ne dis rien lorsque son autre main se pose dans la cambrure de mes reins. Mon cœur s'accélère encore, rate un battement. J'étouffe presque sous la violence de mes émotions. J'oublie tout lorsque sa bouche s'accapare de la mienne avec force, sa langue caressant mes lèvres avec volupté.

– Léah, murmure-t-il à bout de souffle.

Mais je ne lui réponds pas, je ne suis plus vraiment là. Je laisse le feu me dévorer entièrement et je me délecte de cet instant entre nous, aussi magique que les aurores boréales dans le ciel de Finlande.

Difficile de déterminer l'heure qu'il est en pleine nuit polaire. La fin de la nuit ? Le matin ? Je sens la brûlure de son regard sur ma nuque. Ses doigts parcourent inlassablement mon corps et j'ai peur de briser le moment en lui disant que je suis réveillée. Peur de ne plus jamais revivre ce que nous venons de partager ensemble. Car après tout, Anders Kohonen est l'homme d'une seule nuit. Peut-être deux, d'ici la fin du tournage ? Mon cœur se serre à cette idée et je ne peux m'en prendre qu'à moi-même. Je respire un grand coup et me retourne, plantant mes yeux dans les siens.

– Bonjour, souffle-t-il, sourire aux lèvres.

Il est d'une beauté à couper le souffle, même le matin après une nuit sans sommeil. La pénombre dessine le contour de ses muscles, de son visage carré au grain de peau velouté.

Je suis partagée entre l'envie de rendre ce moment éternel et celui d'abréger mes souffrances au plus vite. Inutile de faire traîner…

– Si on allait récupérer Bandit ?

Son regard vert pétille et il me demande à voix basse :

– Tu l'aimes ce chien, n'est-ce pas ?

– Énormément. Mais je ne devrais pas…

Je ne suis plus vraiment sûre de ne parler que de Bandit.

Le chiot court vers nous dès qu'il nous voit. Je l'attrape et le serre dans mes bras. Je me sens soulagée, j'étais persuadée hier soir de ne plus jamais le revoir. C'est incroyable comme on peut s'attacher vite à certains êtres. Et en détester d'autres. Sophia Lens mérite d'être punie pour son acte cruel et poussé par une jalousie malsaine. Anders m'empêche d'aller la voir et il conseille à Sophia de se passer de maquillage pour cette journée de tournage. La starlette est choquée, prétextant ne pas pouvoir se montrer ainsi. La voilà, ma vengeance. Tout au long de la journée, Anders m'adresse des sourires que j'ai du mal à interpréter. J'ai peur d'y croire à nouveau alors que je sais ce qu'il pense de moi. Quand arrive l'heure du déjeuner, il vient s'installer à mes côtés.

– La soupe de saumon finlandais, j'adore ! Ma mère en faisait souvent !

– C'est vrai que vous mangez du saumon un peu à toutes les sauces, je me moque gentiment.

Il arque un sourcil, fait mine d'être vexé et sourit.

– C'est délicieux le saumon, et bourré d'oméga trois !

– C'est ça, voilà ! je ris et le regarde dévorer sa soupe, l'imaginant enfant, tout blond, dans la cuisine avec sa mère.

– Et sinon, tu vas faire quoi pour le contrat ?

Je déglutis avec difficulté. Une pensée horrible me traverse l'esprit, bien plus horrible que l'idée de n'être qu'une fille de plus sur sa longue liste. Anders est-il aussi cruel ? Est-il capable de passer une nuit avec moi juste pour m'amadouer et me faire aller au bout de ce maudit contrat ? Je ne lui réponds pas, continuant de mâcher doucement le morceau de biscotte dans lequel je viens de croquer. C'est pile le moment que choisit son manager pour nous parler. Il pose une main derrière mon siège et me pose la même question que son acteur l'instant d'avant. Ils se sont passé le mot ou quoi ? En colère, je laisse tomber bruyamment ma cuillère dans mon assiette de soupe et me lève en faisant grincer la chaise.

– Puisque tout le monde ne pense qu'à ce contrat, j'irai au bout, oui ! Et vous, craché-je au manager, vous avez intérêt à tenir votre promesse.

Je ne me reconnais pas. La Léah de d'habitude n'aurait jamais osé parler ainsi. Je quitte la salle à manger pour me réfugier dans ma chambre, une fois de plus depuis que je connais Anders Korhonen.

19 DÉCEMBRE

Je reste allongée sur mon lit, les yeux fixés sur l'immense vitre du plafond, dans l'attente d'un lever de soleil qui n'aura pas lieu. La nuit polaire pèse sur mon moral déjà bien bas. Le vague à l'âme, le cœur rempli d'amertume, je ressasse en boucle les événements de ces dernières semaines. Je me recroqueville dans mon lit sous l'épaisse couche de duvet et je me remémore avec douleur la nuit que je viens de passer avec lui. Je frappe sur ma poitrine douloureuse, maudissant ce cœur de s'être aussi vite amouraché d'un homme qui n'en vaut pas la peine. Et je le savais ! Quelle idiote je fais ! J'attrape un coussin et le plaque contre ma bouche pour hurler ma colère et mon désarroi. J'en ai plus qu'assez ! Marre de me sentir triste. Marre de vivre un ascenseur émotionnel. Marre de me morfondre comme une pauvre fille.

Marre, marre, marre ! Je dois réagir. Je dois le détester, l'ignorer. Je me suis juste fait avoir par ce type aux yeux d'un vert irréel. Au sourire dévastateur. Au charme ravageur. Ah ! Je m'insupporte ! Même quand je veux le dénigrer, je ne vois chez lui que les bons côtés. Je me traîne hors du lit avec l'horrible impression de peser plus lourd qu'un éléphant en gestation. La matinée semble sans fin. La séance maquillage avec Anders a été digne d'un film du cinéma muet et je rejoins avec soulagement la tablée des techniciens avec Maxime. Toute l'équipe semble de bonne humeur, fatiguée, mais contente. Le vent à l'extérieur cogne furieusement contre les vitres, me faisant sursauter à plusieurs reprises. Je mange mon plat comme une automate sans réelle motivation et Maxime me le fait remarquer avec gentillesse.

– Tu n'as pas l'air bien ?

– Juste un petit souci, rien de bien méchant.

Mon mensonge ne convainc que moi, mais il a la délicatesse de ne rien ajouter. Il m'offre un de ses sourires chaleureux, replonge le nez dans son assiette qui déborde de nourriture. J'observe du coin de l'œil Anders à l'autre bout de la pièce. Il plante sa fourchette dans sa viande et la porte à sa bouche bien trop sensuelle pour que je maintienne le regard. Pauvre de moi, je suis fichue. Si le regarder manger me met dans une telle transe, plus personne ne peut rien pour moi. Alors que je termine difficilement mon assiette, tout le monde se tait et se tourne vers la voix profonde et forte du producteur qui vient de demander notre attention.

– J'ai une annonce à vous faire et j'espère qu'elle vous fera plaisir. Nous avons tous très bien bossé et le retard est désormais loin derrière nous.

Une acclamation de joie déchire la pièce et s'arrête aussitôt pour le laisser poursuivre.

– J'ai donc décidé de vous offrir votre après-midi !

Les cris reprennent de plus belle, on se croirait presque à un concert d'Ed Sheeran adulé par des groupies en délire. Le producteur lève une main pour demander le silence, sourit et poursuit :

– Attendez, attendez, ce n'est pas tout ! Je vous offre à tous un tour de motoneige !

Foule en délire bis. On crie, tape du poing sur la table, siffle et applaudit.

– Ah oui quand même, m'étonné-je.

– C'est la prod qui paie ! s'exclame Maxime ravi de pouvoir se changer les idées et sortir de ce complexe hôtelier autrement qu'en coup de vent.

Seize heures trente. Je me retrouve dans le dernier groupe à partir en randonnée. Il faut dire que j'ai tout fait pour retarder le moment. La peur envahit mon être, tiraillé entre le désir de découvrir cette activité et la certitude que je n'y survivrai pas. Je ne suis pas une grande adepte des sensations fortes, surtout quand je ne connais pas mon équipier. Je me retrouve avec un des gars qui gèrent la décoration, un jeune homme dont la frêle carrure me fait me demander s'il pourra faire le poids contre l'énorme moto. Le casque sur la tête, une écharpe camouflant la quasi-totalité de mon visage et des lunettes sur les yeux, je m'apprête à monter sur l'engin lorsqu'Anders pousse gentiment le jeune homme et prend sa place sur la moto.

– Qu'est-ce que tu fais ? je lui demande surprise.

– De la motoneige !

– Non, qu'est-ce que tu fais sur ma motoneige !

– Je ne savais pas que nous en avions une attitrée…

Je reste les bras croisés, debout à ses côtés.

– Mademoiselle, il faut y aller. On doit suivre le groupe ! m'intime un des professionnels.

Je n'ai donc pas le choix. Je monte à califourchon sur la moto, laissant un espace raisonnable entre lui et moi. De mes mains gantées, j'attrape l'arrière de mon siège et m'y accroche fermement. Le véhicule vrombit et Anders roule doucement en direction des autres. Petit à petit, il accélère jusqu'à atteindre une vitesse assez importante. Trop, pour moi. Je me vois obligée de passer mes bras autour de sa taille, plaquée contre lui pour ne plus ressentir la morsure de l'hiver. J'ai beau mourir de peur et de froid, je savoure la sensation de son corps contre le mien.

– Léah, ça va ? crie-t-il devant moi sans se retourner.

– Non ! je hurle, avec l'horrible sensation de frôler la crise de panique.

– Tu ne risques rien ! Accroche-toi et ne me lâche pas !

Il n'y a pas de risque ! Mes doigts me font mal tellement je suis crispée autour de sa taille. Je pensais que l'expression serrer les fesses de peur n'était qu'une expression imagée, mais non. Séance abdo-fessiers renforcée pour moi !

Après une heure d'un doux supplice, les motoneiges se rangent, les moteurs s'éteignent et le calme revient. Je descends du véhicule de l'enfer, les jambes tremblantes et le corps cassé à m'être ainsi contractée pendant la durée de la soi — disant balade. Mon seul plaisir, avoir pu me blottir encore une fois contre lui. Pa-thé-ti-que… Il faut vraiment que je me reprenne. Que je sois plus forte. Que je l'oublie ! Il ôte son casque, plonge ses yeux émeraude dans les miens et fait un pas dans ma direction. Je disais quoi déjà, l'instant d'avant ? Envolées, toutes mes résolutions…

– Est-ce que ça va ? demande-t-il en tendant une main vers ma joue.

Il suspend son geste au dernier moment et laisse retomber son bras le long de son corps. Je maudis sa décision, désireuse du moindre de ses contacts. Je ferme les yeux un instant, me force à lui sourire et repars en direction du complexe. Je dois me tenir éloignée de lui jusqu'à la fin du tournage si je ne veux pas être à ramasser à la petite cuillère. À moins qu'il ne soit déjà trop tard…

20 DÉCEMBRE

Je caresse le dos de Bandit qui me gratifie d'une léchouille sur le bord de la main. Ce chien est une vraie pâte. Assise face à la scène, je regarde Anders embrasser Sophia Lens pour la huitième fois. J'ai envie de trucider le réalisateur. Il compte la refaire combien de fois, cette prise ! Je finis par me détourner d'eux et fixe mon regard sur l'extérieur. De gros flocons tourbillonnent dans le ciel sombre jusqu'à atterrir sur le sol et se fondre parmi les milliers d'autres paillettes venues du ciel. J'apprécie ce spectacle, tout comme celui des aurores boréales. J'ai fini par aimer ce paysage qui était pourtant à mille lieues de celui de mes rêves. J'ai appris à aimer la neige, le froid, les nuits polaires et la magie des cieux finlandais. Je regrette presque de voir la fin arriver à grands pas. D'ici quelques jours, le tournage sera terminé. Le gala de charité de Noël clôturera cet épisode finlandais. Tenue correcte exigée, attitude guindée et faux semblant de rigueur, surtout avec mon compagnon de soirée. Retour prévu en France juste après le réveillon.

– Coupez ! crie le réalisateur à quelques centimètres de mon oreille.

La journée est enfin terminée ainsi que la scène du baiser. Anders se dirige vers sa loge, Sophia Lens, à mon grand malheur, vers moi.

– Je vous avais rendu un service avec ce chien ! Vous êtes trop attachée à lui, il appartient à la prod, vous en avez conscience ?

J'hésite entre la baffer ou lui tourner le dos. Elle a de la chance, on m'a appris que l'ignorance est le meilleur des mépris. Je la laisse en plan avec son sourire machiavélique qu'elle a malheureusement vite retrouvé. Les gens méchants ne changent pas. Quoi qu'on fasse, ils restent méchants. Ses propos font tout de même mouche et j'en profite d'avoir le réalisateur à mes côtés.

– Où ira Bandit à la fin du tournage ?

– Il appartient à la prod », donc j'imagine sur un autre tournage ou au chenil en attendant qu'une équipe ait besoin de lui, me répond le quinquagénaire en haussant les épaules.

– Vous croyez que ce serait possible de le garder ?

– Qui ça ? Nous ?

– Mais non, moi !

– Alors là ! Aucune idée, mais ça me paraît compliqué. Il faudra sûrement payer et encore, je ne suis pas sûr qu'ils veuillent s'en séparer. Vous savez combien coûte un chien de cette race ?

– Pas du tout, avoué-je. Vous savez vous ?

– Bah non, mais une blinde, c'est sûr ! Quand je pense que ma sœur a payé son rat plus de deux mille euros ! Je ne vous dis pas le prix au gramme, ricane-t-il.

– Un rat ?

– Un chihuahua ! Alors, le husky, je dirais que c'est presque l'équivalent de votre paye pour ce tournage. Enfin Rémy, crie-t-il en se tournant vers un des jeunes techniciens, pas par là !

Je les abandonne à leur rangement, décontenancée à l'idée de devoir me séparer de ce chien. Je le serre contre moi, souhaitant en profiter au maximum avant de devoir le laisser.

– Ce soir, c'est la fête Bandit ! Tu auras droit à du saumon, j'ai vu qu'il y en avait encore au menu. Je t'en ramènerai un bout pour toi !

Comme s'il me comprenait, le chiot remue la queue et aboie à plusieurs reprises. Alors que je sors du bâtiment, j'entends des applaudissements. Je longe l'allée, tourne à droite au croisement et arrive sur la grande place. Je ris en découvrant tout un groupe de jeunes chanteurs habillés en blanc, une sorte de guirlande en guise de couronne sur la tête. Ils sont drôles et attendrissants, d'autant plus lorsqu'ils entonnent « Silent Hill » avec leurs voix aiguës et vibrantes d'émotion. J'en ai même la chair de poule. Après quelques secondes, je remarque qu'Anders est là, appuyé nonchalamment contre le mur de pierre d'un des bâtiments du complexe, les bras croisés. Je croise son regard et j'ai de nouveau les frissons qui parcourent mon corps. Je me demande un instant s'il va profiter du monde présent autour de nous pour faire son petit show et montrer au monde entier que nous sommes en couple, mais non. Il ne bouge pas d'un pouce, me fixant avec une intensité telle que je finis par baisser le regard. Tant pis pour la musique, je préfère regagner ma chambre avant d'aller dîner. De toute façon, il fait froid. Pour preuve, les nombreux frissons que j'ai eus… Sauf que Bandit me trahit à nouveau et part en courant rejoindre l'acteur.

– Bandit, reviens, crié-je sans succès.

J'avance vers Anders dans le seul but de récupérer le chiot et m'arrête à quelques mètres de lui.

– Bandit, viens mon grand !

Je râle, voyant que le chien ne m'obéit pas. Pas de saumon pour lui, s'il continue !

– Allez !

– J'en connais un qui meurt d'envie de rester avec moi ! plaisante-t-il en me faisant un clin d'œil.

Ce qui m'énerve avec lui, c'est que je ne sais jamais si des allusions se cachent sous ses propos. Ou si c'est moi qui m'imagine toujours des choses…

– Peut-être, mais on doit aller manger du saumon !

Qu'est-ce que je raconte encore, moi ? Il se marre et s'adresse au chien sur un ton faussement sérieux, les yeux pleins de malice :

– Alors si c'est pour manger du saumon, faut pas rater ça ! Cours, Bandit !

– Ah, ah ! Quoi ? J'essaie de le gâter un peu avant de ne plus l'avoir avec moi.

Son regard redevient soudain sérieux.

– C'est vrai qu'il est à la prod ».

– C'est ça. Donc pas vraiment d'autres choix que de leur laisser.

Il doit remarquer ma mine triste, car il ne dit plus rien. Il n'a plus envie de plaisanter, je sais qu'il connaît mon attachement pour cette boule de poil. Je le garde avec moi depuis son arrivée, il partage mes nuits, mes journées, mes coups de gueule et mes peines. Je me suis sentie si seule ici, parfois. À des milliers de kilomètres de chez moi, de ma vie et de mes amies. C'est Bandit qui a été là pour moi. Certaines personnes ne peuvent peut-être pas comprendre cela, mais un animal peut prendre une place importante dans une vie !

– Je suis désolé, finit-il par me dire avec un sourire désabusé.

Je hausse les épaules, genre on ne peut rien y faire ou ce n'est pas de ta faute, attrape mon chien (pardon, celui de la prod ») et retourne en direction de ma chambre pour prendre une douche, avant d'aller manger notre saumon.

21 DÉCEMBRE

– Vous avez une tenue pour la soirée caritative ? me demande le manager d'Anders qui m'a convoqué dans son bureau juste après la pause de midi.

– Pas vraiment. Je n'avais pas prévu de faire la une des journaux en m'affichant au bras du serial lover notoire du tournage, qui plus est, lors d'une œuvre de charité.

Le manager me regarde, les yeux grands ouverts, un air éberlué sur son visage rond. J'ai dit ça tout haut ? Faut croire… maintenant que c'est fait, on peut peut-être passer à la suite ? Il reste encore quelques secondes interdit, sans parler.

– Bien… euh… donc je vous propose d'aller faire du shopping, à nos frais bien entendu.

Encore heureux !

Une fois le tournage terminé, je confie Bandit à Maxime et pars rejoindre le taxi que le manager à réservé pour moi. Ah ! Pour nous, apparemment…

– Qu'est-ce que tu fais là ? je demande sur un ton un peu plus sec que voulu.

– La même chose que toi, me répond Anders. Mon manager m'envoie faire du shopping.

– Tu ne vas pas me dire que tu n'as pas de tenue classe ?

– Pas ici, non. Bon, tu montes ?

Je m'installe à l'arrière du véhicule, Anders juste à mes côtés. Sa jambe frôle la mienne et mon cœur s'affole. Je ne peux rien y faire. J'ai beau essayer de l'ignorer, ce type m'attire comme un aimant. Le reste du trajet se fait dans un silence pesant, uniquement rompu par le son de la radio que le chauffeur a éclairée. Le centre commercial n'en est pas vraiment un, on dirait plus un supermarché qu'autre chose. Je prends quelques secondes avant d'entrer, les yeux perdus dans la contemplation du ciel. Pas d'aurore boréale comme j'ai pu en voir ces derniers jours, mais une grande traînée d'un bleu turquoise colore le ciel.

– C'est tellement beau. Tout ça va me manquer…

En me tournant vers Anders, je tombe sur son regard. À l'intérieur, un bout du ciel finlandais.

On se dirige vers un des magasins de luxe et je sais d'avance que je vais prendre ce que je trouverai, car je n'ai aucune envie de faire du shopping. Anders ne semble pas plus motivé que moi. L'endroit a beau être petit, le choix y est : de nombreuses robes longues sont accrochées à des cintres, d'autres sont posées sur les étals. Je choisis deux robes sur lesquelles je viens de flasher et manque de m'étouffer en voyant le prix.

– Profitons, c'est la prod' qui paie ! ricane Anders qui était juste derrière moi.

Il part déjà essayer son ensemble, un costume beige et une chemise noire. Je le suis vers les cabines et essaie la première tenue, une robe bleue en soie, courte et avec un décolleté plongeant vertigineux. Je sors pour me regarder dans le miroir quand j'entends Anders me complimenter.

– Pas mal !

– Pas mal non plus ! je lui réponds en le voyant dans son costume.

Pas mal est un euphémisme. Il est à tomber. Je retourne dans la cabine essayer la deuxième, une robe longue dont le bustier est en dentelle et le bas en mousseline. Le tout est très vaporeux, léger. J'adore la sensation qu'elle me procure sur la peau. Je sais d'avance que je choisis celle-ci, même si je suis convaincu qu'Anders préférera la courte, bien plus sexy. J'ouvre le rideau, avance et lorsque je le regarde, je le vois complètement immobile, en train de me détailler de la tête aux pieds.

– Quoi ?

– Rien. Même si je n'ai pas mon mot à dire, tu es juste… superbe. Celle-ci te donne un côté… conte de fées…

Je pouffe, puis constate qu'il est très sérieux. Gênée, je referme le rideau et m'adosse contre le mur. Superbe ? Non et non Léah, ne te laisse pas avoir de nouveau ! « Monsieur je joue au séducteur » est juste de retour !

– Je t'attends dehors !

Oui, dehors ! Un bon coup d'air glacial me remettra peut-être les idées au clair.

22 DÉCEMBRE

– Tu es prête ? me demande Anders pour la quatrième fois.

Je l'ai laissé entrer dans ma chambre il y a de cela quinze minutes, n'étant pas encore habillée lorsqu'il est venu me chercher. Je termine de me maquiller, quelque chose de simple et discret. Un peu de fond de teint, du mascara et de l'eye-liner pour sublimer mes yeux couleur océan. Quand j'estime ne pas pouvoir faire mieux, je sors de la salle de bain et le rejoins dans la chambre.

– Tu as choisi celle-là !

Son sourire semble sincère, il apprécie ce qu'il voit.

– Oui, c'était ma préférée !

– La mienne aussi. Allez en route, Cendrillon !

Cendrillon. C'est on ne peut plus juste. Passé minuit, la jeune femme dans cette robe hors de prix, accompagnée d'un acteur sublime et adorable aura disparu, laissant sa place à la maquilleuse professionnelle, seule et fauchée comme les blés, en compagnie d'un homme indifférent. Je ravale ce sentiment de tristesse qui est en moi, la colère aussi de n'être que « la fille du contrat ».

Le taxi nous dépose devant une énorme bâtisse décorée pour Noël. Des lanternes sont posées sur le sol et permettent de se repérer pour avancer. C'est magique. À l'intérieur, c'est tout aussi beau.

– C'est féerique ! m'exclamé-je en regardant tout autour de moi.

D'immenses escaliers dont les rampes sont parsemées de guirlandes lumineuses. Des lustres en verre, un sapin couleur or et tellement de décorations que mes yeux ne savent plus où donner de la tête. Anders attrape ma main, se faufile parmi les invités et en salue certains en me présentant comme sa compagne. C'est parti ! Mensonge et compagnie, dernier acte. Je déteste ce genre d'endroits et je ne me sens vraiment pas à l'aise. J'ai hâte que cela se termine. Heureusement, il m'a précisé en venant qu'une petite apparition serait suffisante. Le but de cette soirée est de collecter des fonds pour les orphelins, afin de leur offrir un Noël digne de ce nom. C'est la production qui fait un don, à ce qu'il m'a dit.

– Anders ! susurre une jeune femme en le voyant approcher.

Son expression de surprise ne m'échappe pas lorsqu'elle me voit collée à lui. D'autant plus qu'il en rajoute : il me serre dans ses bras et m'embrasse sur la joue.

– Je te présente Léah, ma compagne.

– Quelle surprise ! Enchantée.

Ils papotent encore quelques instants, puis la jeune femme poursuit son chemin vers d'autres convives. Au dernier moment, elle lui lance :

– Encore merci pour ton don Anders. Comme toujours, c'est très généreux.

Je le regarde, pas sûre d'avoir bien compris.

– Je croyais que c'était la production.

– C'est le cas.

– Mais ?

– Je participe aussi, si tu veux tout savoir.

Encore un trait de sa personnalité que je n'aurais pas soupçonné. Anders Korhonen n'aime pas que les animaux. Il aide aussi les enfants. Il est vraiment à mille lieues de l'image que j'en avais avant. L'éclair d'un flash m'éblouit et Anders se tourne vers le photographe pour poser. Il passe son bras autour de ma taille, sa main se pose sur ma hanche et mon monde vacille une nouvelle fois. J'ai beau savoir, je veux profiter encore un peu de cette sensation. Celle qui me renverse, m'emporte comme sur des montagnes russes. Qui me fait perdre l'équilibre et me prive de mon souffle. Juste être près de lui, le sentir contre moi. Une dernière fois.

– On peut s'en aller si tu veux, me glisse-t-il à l'oreille comme une confession.

Fin du mensonge. Cendrillon rentre à la maison.

Un poignard dans mon cœur ne me ferait pas plus mal. Le trajet du retour est encore plus silencieux que celui de l'aller. Je pose ma tête contre la vitre, triste à en mourir. Dans deux jours, je quitterai ce pays qui m'a conquise, sans Bandit et le cœur en miettes à cause d'Anders. La voiture s'arrête à l'entrée du complexe. J'ouvre la porte, sors et trébuche en coinçant ma robe dans je ne sais quoi. Anders m'évite une chute et me garde serrée contre son torse. Malgré moi, je fixe ses lèvres. Sa main se pose sur ma joue glacée et je vibre à ce simple contact. Anders Korhonen est une drogue. Ma drogue. Celle dont on ne peut se passer et dont il faut pourtant se sevrer pour éviter qu'elle ne nous détruise.

– C'est inutile de jouer, il n'y a plus de photographes, ni même de public !

Je n'ai pas pu m'empêcher. Anders peut arrêter de faire semblant. Il recule, fronce les sourcils, visiblement contrarié par ma remarque.

– Très bien, message reçu.

Alors qu'il commence à marcher vers son chalet, il se fige, dos à moi.

– En fait, tu es vraiment comme toutes les autres filles. Intéressée. Comme toutes ces femmes qui ne souhaitent être avec moi que pour mon physique ou ma célébrité.

Je crois rêver ! Pour qui me prend-il ?

– C'est totalement faux ! Je me fiche pas mal de la beauté et de la célébrité !

– En effet. Tu es avec moi pour l'opportunité professionnelle…

Je le coupe, hors de moi.

– Je ne suis pas avec toi ! C'est le contrat !

– Voilà Léah, le contrat. Un simple contrat qui arrive enfin à son terme.

Voilà ! C'est dit. Il secoue la tête, me fixe un instant et je vois dans ses yeux la déception.

Sa carrière est sauvée, la mienne peut démarrer. Tout le monde y a trouvé son compte, on devrait tous être contents ! Pourquoi ce n'est pas le cas, alors ?

23 DÉCEMBRE

– Tu dois lui dire ce que tu as sur le cœur ! insiste Élisa.

– Pour quoi faire ? Me ridiculiser ?

J'avais besoin de me confier et parler à Bandit ne suffisait plus, surtout qu'il ne me donne aucun conseil digne de ce nom. Je ne pouvais pas tout lui raconter, alors je n'ai avoué à mon amie qu'une partie de la vérité. Je suis accroc à Anders Korhonen, mais lui se fiche royalement de moi.

– On ne se ridiculise pas quand on est honnête. Fais-le ou tu le regretteras !

Je raccroche avec une certitude : je dois vider mon sac avant de m'en aller. J'attrape Bandit et balance tout ce que j'ai sur le cœur. Je serre le chiot contre moi, fourre mon nez dans ses poils tout doux et pleure de tout mon saoul. Je ne veux pas quitter Bandit. Je ne veux pas quitter Anders. Je ne veux pas quitter la Finlande. Je ne veux pas non plus de cette opportunité acquise par un contrat qui m'a tant coûté. Je ne veux pas construire mon avenir sur les ruines d'un amour à sens unique. Je n'en veux plus de cette maudite chance. C'est sur ces convictions que je quitte ma chambre pour me rendre dans le bureau du manager.

– Vous pouvez tout annuler, c'est bien ce que j'ai dit !

Il me fait répéter plusieurs fois comme si j'allais changer d'avis entre temps.

– Pourquoi ?

– Comment ça, pourquoi ? Parce que !

Je peux avoir la mentalité d'une gamine de six ans quand je veux. Les bras croisés, je fixe le manager assis sur sa chaise en face de moi. Il attend ma réponse et ne semble pas pressé. Il a l'air d'avoir tout son temps. Je souffle, consciente de devoir lui donner un minimum d'explications pour espérer pouvoir quitter cette pièce.

– Ce n'est pas ce que je veux.

– Mais vous le vouliez au début.

– Oui, j'ai changé d'avis.

Il noue ses mains devant lui, s'appuie sur le bureau.

– Conclusion, on a fait tout ça pour rien !

– Pour rien ?

Il souffle bruyamment, se lève et me raccompagne jusqu'à la porte.

– Vous m'avez épuisé tous les deux ! Et vous devriez vous parler ! Bonne journée, mademoiselle Makinen.

Il claque la porte derrière lui, visiblement agacé et même contrarié. Juste parce que je refuse sa proposition d'embauche ? Bizarre…

Je déambule dans les couloirs en direction de la salle de tournage. C'est le dernier jour et il règne une ambiance particulière. Un peu plus loin, Maxime, me sourit. Il prépare un thermos de chocolat au lait. Je m'avance vers lui et il me tend un chocolat chaud que j'accepte avec plaisir.

– J'ai du mal à croire que c'est déjà fini…

– C'est toujours comme ça. La fin nous rend nostalgiques… Heureusement qu'on est une équipe et qu'on se retrouve sur les tournages. J'ai cru comprendre que tu allais faire partie de la team ?

– Qui t'a dit ça ?

– Anders.

Je ris d'un rire sans joie.

– Il t'en raconte des choses !

– Oui, il a même dit que c'était fini entre vous. Ce qui m'a un peu surpris. Je pensais qu'il avait enfin trouvé chaussure à son pied.

– On n'était pas vraiment ensemble. Il était avec moi pour un contrat.

Il opine du chef, comme s'il savait déjà cela aussi. Il me le confirme d'ailleurs l'instant d'après.

– Ouais, il paraît ! C'est ce qu'il dit lui aussi… enfin, il dit que c'est toi qui étais avec lui pour un contrat.

– C'est du pareil au même…

– T'es sûre ?

Il me sourit et se tourne vers les autres pour leur servir une tasse de son breuvage bien chaud. Ses paroles résonnent en moi et je commence à m'interroger sur le sens de sa phrase. Je trouve tout le monde bien énigmatique aujourd'hui. Après le manager, voilà que Maxime s'y met aussi. Élisa a raison : une discussion s'impose, mais j'ai le courage d'un poltron dès qu'il s'agit de lui.

– Allez, Léah ! T'es pas une trouillarde quand même !

Je fais un pas vers sa loge, m'arrête devant sa porte et m'apprête à taper. J'inspire un grand coup, l'angoisse d'une confrontation avec lui me saisit et j'abandonne l'idée de le voir, mon bras retombant mollement le long de mon corps.

– Bah, si. Je suis une trouillarde, apparemment.

Je retourne jusqu'à mon petit chalet en traînant les pieds. Derrière moi, Bandit se roule dans la poudreuse, m'invitant à un moment de jeu avec lui. Je m'accroupis, lui jette quelques boules de neige qu'il rattrape avec sa gueule.

– Tu vas me manquer Bandit.

Je n'ai aucune envie de le laisser. Encore moins à des gens qui n'en ont rien à faire.

– Léah !

Un des jeunes de l'équipe avec qui j'ai eu l'occasion de manger à plusieurs reprises m'apostrophe.

– Tu viens au repas de ce soir ?

La direction a organisé un petit repas pour clôturer le tournage.

– J'y serai bien sûr !

– Cool, à tout à l'heure alors !

Après deux heures passées à me morfondre sur mon lit (à noter qu'il s'agit d'une habitude récurrente ces derniers temps) je rejoins toute l'équipe dans la grande salle pour le repas. Maxime et les autres m'accueillent les bras ouverts et ils m'ont même réservé une place à leurs côtés.

– J'ai appris pour Anders et toi. J'espère que tu gardes le moral, mais tu sais, il est comme ça ! tente de me rassurer Mila, la décoratrice.

Anders… Je le cherche à nouveau du regard. Il est arrivé il y a une petite demi-heure, s'est installé à la table avec les autres acteurs. Sous son masque d'impassibilité et d'arrogance, difficile de savoir ce qu'il ressent. Ma seule certitude : l'envie que cette soirée se termine.

24 DÉCEMBRE

Il m'a fallu une nuit entière de regret pour trouver le courage de lui parler. Bon, d'accord, c'est lui qui est venu caresser Bandit et j'en ai profité.

– Pourquoi ton manager a dit que le contrat n'avait servi à rien ?

Il relève la tête vers moi, mordille l'intérieur de sa joue et finit par me répondre après quelques instants d'hésitation.

– Peut-être parce que je lui ai dit que j'arrêtais.

– Tu arrêtes ?

– Ouais. J'ai besoin de faire une pause. De retrouver une vie normale, simple, avec des gens normaux. Vrais et sincères. Je n'en peux plus de vivre comme ça.

Je dois lui dire ce que je pense, histoire qu'il ne me cantonne pas parmi les gens faux qu'il veut fuir à tout prix.

– C'est plus clair. Entre ta décision et la mienne.

– Ta décision ?

Il n'est donc pas au courant.

– Oui. Je ne veux plus du poste. Enfin, pas comme ça. Et tu vas faire quoi ?

– J'sais pas encore. Rester un peu ici, dans mon pays. Prendre le temps de vivre.

Il me fixe un long moment, semble vouloir se confier, mais quelqu'un l'appelle.

– Je dois y aller. À ce soir.

Je le regarde s'éloigner, les mains dans les poches. Je réalise que je l'ai bien cerné, finalement. Il y a le Anders acteur, celui qui porte un masque, arrogant et prétentieux au premier abord. Puis l'homme, celui qui se cache derrière tout ça. Celui qui ne demande qu'à sortir, à se révéler. Je suis heureuse pour lui concernant le choix qu'il a fait. J'aurais juste aimé faire un bout de chemin à ses côtés…

La table est immense, décorée avec soins. Une grande nappe blanche, des paillettes, des couverts rouges et quelques décorations de Noël. Sobre et raffinée. Le repas se déroule dans une ambiance chaleureuse, chacun ayant conscience que c'est la dernière fois que nous sommes tous réunis. Des liens se sont créés, des amitiés sont nées. Maxime me fait promettre de lui donner de mes nouvelles, Mila m'envoie son adresse sur Paris.

– Tu viendras me voir ? me demande-t-elle pour la deuxième fois.

– Je te jure que je le ferai !

– Sinon, c'est moi qui déboule !

Pourquoi pas ? De toute façon, la porte de mon appart est toujours grande ouverte pour les autres !

Anders me lance quelques regards, je lui souris tendrement en retour. À chaque fois, mon cœur manque un battement. J'ai la trouille au ventre à l'idée de voir cette soirée se terminer. J'essaie de garder en mémoire les traits de son visage pour ne pas l'oublier. Jamais. Son visage à la mâchoire carrée, ses lèvres pulpeuses et ses yeux à la couleur si particulière. Je m'imagine déjà, avachie sur le canapé de mon appartement de Paris, en train de regarder ses films, la larme à l'œil.

– Bandit ! râle Mila en riant. Ton chien vient de me piquer ma viande dans mon assiette !

Le chiot a presque la tête penchée sous le poids de l'énorme bout de viande qu'il tient dans sa gueule. Il remue la queue, tout fier de sa bêtise. Je ris tellement qu'une larme glisse sur ma joue. Un peu plus tard, j'envoie un message à Élisa pour lui souhaiter un joyeux Noël. Je l'appellerai lorsque je serai au calme.

« Joyeux Noël à la meilleure amie du monde ! Tu es avec ta sœur ?

Oui, nous dînons en tête à tête ! Tu me manques ! Ton Noël ressemble-t-il à ce que nous avions imaginé ? Luxueux, entourée de grandes stars ? »

C'est ce que je voulais comme Noël ? Avoir Anders, Bandit et Élisa autour de la même table, ça, ça aurait été mon Noël parfait. Je lui réponds vite fait, ne souhaitant pas pleurer en plein milieu du repas. La bûche qui arrive me fait saliver d'envie : trois chocolat et nougatine. J'attrape ma deuxième part, lorsque je vois Anders se lever et saluer les autres. Apparemment, il rentre se coucher tôt. J'espère pouvoir lui dire au revoir demain matin avant de monter dans l'avion. Le voir, une dernière fois…

– Mademoiselle Makinen ?

Le manager d'Anders me demande de le suivre, ce que je fais après avoir avalé la dernière bouchée de ma glace. Je n'allais tout de même pas gaspiller une miette de ce dessert ! J'avance dans un des couloirs, me demandant un instant ce qu'il me veut. Me proposer un nouveau contrat malgré mon précédent refus d'accepter le poste ? La Léah d'avant aurait été enjouée à cette idée, mais pas aujourd'hui.

– Tenez, dit-il en me tendant une lettre.

Surprise, je l'attrape et l'ouvre aussitôt.

– Un certificat de vente ? je lui demande, ne comprenant strictement rien à ce que je tiens entre les mains.

– Lisez !

Mes yeux parcourent les quelques lignes et lorsque je comprends, je m'effondre en larmes.

– Bandit est à moi ?

– Oui, il est à vous. Il y a une lettre, juste derrière. Je vais vous laisser.

L'homme s'en va, me laissant seule dans ce couloir à moitié éclairé. J'attrape le bout de papier d'une main tremblante et commence ma lecture.

« Léah,

J'avais déjà envie de changement depuis longtemps. Ma rencontre avec toi a été l'élément déclencheur. Ta joie de vivre, ta gentillesse, ton naturel et ta spontanéité représentent tout ce que je recherche chez quelqu'un et dans la vie. Je ne veux plus faire semblant d'être celui que je ne suis pas. Un homme à femmes qui enchaîne les relations à défaut de trouver celle qui sera avec moi pour celui que je suis réellement. J'ai passé des moments merveilleux à tes côtés, mais ce contrat est venu tout gâcher. Je ne cessais de me demander si nos moments étaient vrais ou juste en lien avec ce bout de papier que nous avions signé. Sache que de mon côté, chaque instant, chaque seconde passée avec toi était sincère. Avant de partir, je te fais un cadeau. Je t'offre ce Bandit qui a su voler ton cœur, à défaut de n'avoir pu le faire moi-même. Je te souhaite un joyeux Noël Léah, et une belle vie. Tu le mérites.

Anders »

Les larmes inondent mon visage, je les balaie d'un revers de la main. Anders était sincère ! Il ne jouait pas avec moi ! Comment ai-je pu être aussi aveugle ? Le problème c'est que lui aussi ne me pensait pas sincère ! Je dois à tout prix aller le voir. Je pars en courant vers son chalet et cogne à sa porte de toutes mes forces. Personne ne me répond et tout est éteint à l'intérieur. Où peut-il bien être ? Je cours dans le bureau du manager et n'attends même pas qu'il me dise d'entrer.

– Où est-il ?

– Anders ?

– Non, le père Noël !

– Il est parti prendre l'avion pour je ne sais où !

Non, non, non… ce n'est pas possible.

– Il y a combien de temps ?

– Juste avant que je ne vous remette la lettre. Le taxi l'attendait, il doit déjà y être à cette heure.

Je pars en courant, sans prendre le temps de fermer la porte et je l'entends hurler de l'autre côté du couloir :

– Vous me fatiguez tous les deux !

Je cours, comme si ma vie en dépendait. Pourtant, je sais qu'il est déjà trop tard. Il y a plus de vingt minutes qu'il a dû monter dans ce foutu taxi. Je tombe dans la neige et me relève aussitôt, ne prêtant aucune attention à mon jean trempé. Arrivée dans le virage, je bifurque sur la gauche et me statufie net. Il est là, adossé contre la voiture du chauffeur de taxi. Les mains dans les poches de son manteau noir, il fixe le sol. Mon cœur tambourine fort dans ma poitrine et je sais que la course n'y est pour rien. Je fais encore un pas vers lui, puis crie son nom.

– Anders !

Il lève ses yeux vers moi, penche la tête sur le côté comme pour me demander ce que je fais là. J'avance encore jusqu'à n'être qu'à quelques centimètres de lui. Je vois dans ses yeux qu'il s'interroge et je réalise à quel point nous nous sommes trompés tous les deux. Comment peut-il douter de mes sentiments ? Il est grand temps de laisser nos cœurs parler, le mien surtout, car lui l'a déjà fait sur un petit bout de papier que je tiens encore entre mes doigts glacés.

– Tu es encore là !

– Oui, il a un pneu crevé.

Je souffle, remerciant intérieurement la providence de nous avoir offert cette chance.

– Merci ! Pour Bandit.

– Pas de quoi. Je sais à quel point tu tiens à lui.

– C'est vrai. Mais il n'y a pas que Bandit qui a volé mon cœur.

Son expression se fige dans l'attente de la suite de mes paroles.

– Il y a la Finlande, aussi.

– Oh… soupire-t-il visiblement déçu tout en baissant son visage vers ses souliers qui semblent le fasciner.

Je ris, des larmes plein les yeux.

– Et puis toi aussi, idiot !

Il relève la tête, me sourit et fait le dernier pas qui nous sépare. D'un geste tendre, il saisit mes hanches et me serre contre lui. Dans ses bras, je me sens à nouveau chez moi, là où j'avais envie d'être depuis que je connais Anders. Le souffle court, je baisse les paupières dans l'attente de ce qui va suivre. Lorsque sa bouche se presse contre la mienne, des milliers d'étincelles explosent dans mon cœur comme un feu d'artifice. Quand j'ouvre les yeux, je croise les siens, d'un vert presque irréel. La même couleur que celle de l'aurore boréale qui vient de naître juste au-dessus de nos têtes.

– Je ne te lâche plus, me chuchote Anders tout contre ma bouche.

– T'as plutôt intérêt !

– Un petit chalet au fin fond de la Finlande, toi, Bandit, les aurores boréales et moi, ça te dit ?

– Plus que tout au monde !

Et en un instant, tout a changé. Entourée de ceux que j'aime, je vais enfin passer le plus merveilleux de tous les Noëls.

Il va falloir raconter tout cela à Élisa…

Vous souhaitez en découvrir plus sur la Finlande ? Découvrez ces expressions finnoises… juste pour rire !

- « Être comme un bonhomme de neige dans le jardin »
- « olla pihalla kuin lumiukko » n'avoir aucune idée de ce qui se passe !
- « Disparaître comme un pet dans le Sahara »
- « Kadota kuin pieru Saharaan » disparaître sans laisser de traces.
- « Je vais t'emmener derrière le sauna »
- « Viedä saunan taakse » Je vais te tuer. Apparemment, les saunas étaient construits loin des zones habitées, l'arrière-cour de ces lieux était donc tout à fait indiquée pour abattre un animal blessé ou malade. Ou donc pour régler ses comptes.
- « Ça a été pissé en courant »
- « Juosten kustu » Ça a été fait à l'arrache.
- « C'est de la neige de l'hiver dernier »
- « menneen talven lumia », Conclusion, c'est dépassé !
- « Comme un pou dans le goudron »
- « kuin täi tervassa » Très lent.
- « Je pisse du miel »
- « kusta hunajaa » Je suis extrêmement heureux !
- « Être comme un ours qui s'est fait tirer dans le cul »

- « Kuin perseeseen ammuttu karhu » Être de mauvaise humeur, « de mauvais poil » comme on dit.

RECETTE

LOHIKEITT

LA SOUPE AU SAUMON

Ingrédients pour 4 personnes :

- 400 g de filet de saumon
- 1,5 l d'eau
- 2 cubes de bouillon de poisson
- 8 pommes de terre moyennes
- 1 oignon
- 5 grains de poivre (vous pouvez remplacer par du poivre classique si vous n'avez pas)

- 2 feuilles de laurier
- 20 cl de crème liquide légère
- 20 g de beurre
- 1 botte d'aneth fraîche

Instructions de préparation :

Pour commencer, on prépare chaque ingrédient et on le garde de côté.

Découper le saumon en gros cube (en ayant préalablement retiré la peau)

Éplucher les pommes de terre et les couper en morceaux également.

Émincer l'oignon et ciseler l'aneth.

À présent que les ingrédients sont prêts, on commence à préparer la soupe.

Dans une grande casserole, faites bouillir 1,5 l d'eau avec 2 cubes de bouillon de poisson.

Quand c'est à ébullition, ajouter l'oignon émincé, les grains de poivre et les feuilles de laurier.

Laisser mijoter quelques minutes puis ajoutez les pommes de terre. Il faut les laisser cuire 10 minutes environ, elles seront alors à moitié cuites.

De là, ajouter le saumon que l'on laisse cuire 10 petites minutes.

On ajoute ensuite l'aneth. Ça a l'air de faire beaucoup d'aneth, mais ici on en met vraiment beaucoup, c'est le petit plus de cette soupe !

Enfin, ajouter les 20 g de beurre, les 20 cl de crème et c'est prêt.

RECETTE

KRYDDKAKA

MOELLEUX AUX ÉPICES

Ingrédients

- 2 dl sucre
- 2 œufs
- 3 dl farine de blé
- 2 cuillères à café de levure chimique
- 1 3/4 dl crème liquide (périmée ou pas)
- 1 cuillère à soupe bombée de cannelle
- 1/2 cuillère à café de clou de girofle moulu

Instructions :

Battez les œufs et le sucre.

Mélangez la levure, la farine et les épices.

Ajoutez à tour de rôle la farine et la crème.

Versez la pâte dans une moule ronde beurrée et farinée ou recouverte de papier sulfurisé.

Faites cuire au four à 175 °c pendant 30-40 min. Préparation : 25 min Cuisson : 1 min Attente : 1 h 30 min

Ainsi s'achève cette deuxième novella de Noël. J'espère que Léah aura su vous toucher, par sa spontanéité et son humour. Qu'Anders vous aura charmé et que Sophia n'aura pas déclenché d'envie de meurtre ! J'espère surtout avoir pu vous embarquer avec moi au pays des aurores boréales.

À bientôt,

Emmanuelle.

« Que la magie de Noël s'invite dans vos demeures et dans vos cœurs ! »

Vous avez aimé cette histoire ? Pour me soutenir, n'oubliez pas de laisser une note et un avis sur Amazon.

A PROPOS DE L'AUTEUR

Emmanuelle T-Z vit dans le Sud avec sa famille. Elle suit un parcours littéraire et pratique le théâtre en amateur pendant une dizaine d'années.

Passionnée par les livres depuis son plus jeune âge, c'est tout naturellement qu'elle se met à l'écriture à l'adolescence. Depuis, elle n'a plus jamais arrêté d'écrire. Elle laisse libre court à sa fibre créative et couche sur le papier les innombrables histoires qui peuplent son imaginaire.

Elle est l'auteure de plusieurs romans allant de l'Urban fantasy à la comédie romantique de Noël. Son univers est aussi riche et varié que ses goûts sont éclectiques.

Elle aime faire voyager ses lecteurs à travers de nombreux pays en compagnie de personnages profonds, attachants et qui leur ressemblent.

L'amour, la famille, l'amitié et la liberté sont les valeurs principales qu'elles cherchent à véhiculer à travers ses romans.

Printed by Amazon Italia Logistica S.r.l.
Torrazza Piemonte (TO), Italy

53703705R00100